「体は正直だな。そんなに悪くないって、自分で言ってるようなもんだ」
「は、初めてだから、何をされても反応してしまうだけだ」
「そうだ。そうだよな……初めてだから……」

夜《や》王《おう》の密《みっ》婚《こん》

剛《ごう》しいら

ILLUSTRATION：亜《あ》樹《き》良《ら》のりかず

夜王の密婚

LYNX ROMANCE

CONTENTS

夜王の密婚

夜の海を行く船は、大きく揺れていた。船旅に慣れない者にとっては、耐えがたい時間が続く。そろそろ夜明けになる筈《はず》なのに、いつまでたっても海面は暗い。それどころか濃霧が湧き起こり、恐ろしい魔物の世界に迷い込んだかのようだった。

ところがそんな濃霧の中でも、燦然《さんぜん》と輝く光があった。

島の突端に設けられた灯台の灯《あか》りだ。

船が大破して大海に投げ出され、そのまま藻屑《もくず》となるのかと恐れていた乗客達は、灯りを見てほっと胸を撫で下ろす。あの灯りを目指して泳げば、そこには島があるのだ。

船員達は慣れた様子で、上陸用のボートを下ろし始める。その頃になると辺りはうっすら明るくなってきて、下船を促される乗客達にも、島の様子が見えるようになっていた。

真っ先に目を引くのはやはり灯台だが、次に見えてくるものに驚かされる。尖塔《せんとう》がいくつもある立派な城が、海を見下ろすような場所に聳《そび》えていた。

都から離れたこんな辺鄙《へんぴ》な場所に、似つかわしくない見事な城だ。内部はどうなっているのかと好奇心が湧き上がった乗客達に、船員はボートに移れと告げる。いつの間にか、波はすっかり穏やかになっていた。

妙な張り紙が、大勢の人々が行き交う港町のあちらこちらに、数日前から貼られていた。それを文字の読めない者のために、声高に内容を読み上げている男がいる。すぐに人だかりが出来て、もう一度読んでくれと懇願する声が聞こえた。

アルバート・ジェフリーは足を止め、聞き耳を立てる一団の後ろで様子を窺《うかが》う。背の高い濃茶の髪をした男が、請われるままに続けて読み上げていた。

「ノースランド伯爵領、通称、蝙蝠《こうもり》島において労働者を求めると書いてある。料理人、鍛冶《かじ》職人、音楽家、仕立て職人、農業、牧畜、漁業労働者。そして兵隊。給金は相場の三倍は保証、住まいには一人に一つのベッド、食事は三食保証だそうだ」

港湾労働者の中から、ヤジが飛んだ。

「そんなうめぇ話がある筈ねぇだろ」

「そうだな。だが本当だったらどうする？　面接は今日の夕方、すぐに出立《しゅったつ》出来る、健康な男に限るとさ」

親切な男は、また最初から読んでやっている。すでに張り紙の内容は読んで知っているアルバートだったが、それを聞いて男達がどんな反応を示すのかに興味があった。

面接の場所へ、ただちに走り出す男達がいる。読み上げていた男も、そこに向かって後を追うように早足で歩き出していた。

しばらく行くと、長々と行列が出来ている。それがあの応募の張り紙を知り、面接を受けるべく並んでいる男達のものだとアルバートは気がついた。

この時代、故郷を離れて働く労働者の数は増えていた。雇用先はいろいろとあったが、食事が三食も与えられ、しかもベッドを一人一台支給するなどという好条件の仕事場は、そうあるものではなかった。

港に集まっているのは、主に船員志望の者だ。船が難破する危険はあったが、やはり船員の給金はいい。彼らは労働条件がよりいい雇い先を探して、互いに情報交換をしている。この好条件の仕事場情報は、あっという間に広まっただろう。

「お嬢ちゃん、張り紙が読めないのか？　受けられるのは男だけって書いてあるだろ」

仕事探し中の船員なのか、薄汚れた風体の男達が数人で、一人の身なりのいい若者を取り囲んでいた。お嬢ちゃんと呼ばれてもしょうがないような、愛らしい顔立ちをしている若者だ。歳《とし》はまだかなり若いだろう。どう見ても、こんな場所にいるのは相応《ふさわ》しくない。

「何を大事そうに持ってる？　んっ、革製のいい鞄《かばん》じゃねぇか。こっちに寄越しな」

荒くれ男達は、若者の手から上質の鞄を奪おうとしていた。

「は、離してください。ぼ、僕は、音楽家です。音楽家を募集していると聞いて来たんです」

「止《や》めとけ。女のいない島なんぞに行ったら、お嬢ちゃんみたいな美人はいいように輪姦《まわ》されるだけだ。それとも今から、練習しておくか？」

男達はげらげらと下卑た笑い声を上げている。さすがにこの暴挙は、黙って見過ごすわけにはいかなかった。

アルバートは身分を示すようなものは何一つ身につけてはいないが、実はイギリスの将校だ。細身だが強靭《きょうじん》な肉体を持ち、剣の腕にはかなり自信があった。しかもアルバートには、弱き者を助けようとする、騎士の崇高な精神がある。

帯剣しているが、出来るだけ剣は抜きたくない。殴り合い程度で収まればいいがと思って近づいていったアルバートは、自分の前にすっと出てきた長身の男に邪魔された。

「おい、おまえらも島に行くつもりか？　だったら、仲間になる相手から、ものを奪おうなんてするなよ」

またあの親切男だ。どうやらこの男は、アルバート以上に騎士道精神が溢《あふ》れているらしい。にこやかに荒くれ男達に話しかけている。

「何だ、色男。今からお嬢ちゃんを手なずけるつもりか？」

「人のものを無理に奪うのは、強盗って言われるんだがな」

「そうかい。そりゃ知らなかった」

荒くれ男の一人がついに鞄を奪い取り、高々と掲げる。すると美しい若者から悲鳴が上がった。

「返してくれ。大切な譜面が入っている。君らにとっちゃ、ただの紙切れだろうが、僕にとっては命以上に大切なものなんだ」

敵《かな》わないと知りながら、若者は荒くれ男に飛びかかっていく。すると親切男がその間に割って入って、いきなりその荒くれ男を殴り倒してしまった。

そうなると荒くれ男達も黙っていない。次々と親切男に殴りかかるが、もめ事の仲裁を自ら引き受けるだけのことはある。鞄を取り戻しただけでなく、五、六人を相手に見事に戦っていた。

けれどやはり多勢に無勢だ。しかも若者を護《まも》ってやらなければならなくて、親切男もいよいよ分が悪くなってきた。そこでアルバートは、荒くれ男三人の相手を黙って引き受けると、軽々と地面に叩《たた》きつけてしまった。

「顔は覚えた。面接官におまえらの行為を知らせる。

いいな？」

落ち着いてアルバートが言うと、手強《てごわ》い相手と思われたのか、荒くれ男達はこそこそと去って行く。

「いい腕だ。軍人かい？」

そう言いながら、親切男がにこやかな笑顔で近づいてきた。

「……ああ……君もそうだろ？」

「そうさ、俺はジョエル・デュナン。元はスイスの傭兵《ようへい》だ。戦場にも飽きたから、船で働きながら新大陸に向かおうと思ってたんだが、こっちのほうがはるかにいい金になりそうだな」

傭兵ならこれまでかなり稼いでいた筈だ。身につけている上着は丈夫そうで真新しいし、履いている革の長靴はまだ傷みもそんなにない。すでに蓄えがあるのなら、島で働かずとも新大陸には行けるだろうにと、つい余計なことをアルバートは考えてしまった。

「失礼なこと訊《き》くが、まさかあんたもあの張り紙を見て、面接を受ける気になったのか？」

ジョエルはアルバートのことを、自分にとって厄介な対抗者と見なしたようだ。事実、少ない椅子を奪い合う競争相手になりそうなので、アルバートは頷《うなず》いた。

「そのつもりだ」

「冗談だろ。見たところ、いい家のぼっちゃんって感じだが、金に困ってるようには見えないぜ。ただの兵隊じゃないだろ？　将校なのか？」

「実は……カード賭博で借金がある。父はそれを知って腹を立て、私は勘当されたんだ。何とか金を作らないと、家に帰れない」

アルバートの話に、ジョエルは声を出して笑い始めた。

「カード賭博だって？　育ちがよさそうだ、あんた。きっと人がいいから、いいように騙《だま》されたんだろ」

「どうやらそのようだ……」

　ここに来たのは、本当はそんな問題が原因ではない。ジョエルに言ったのは、あらかじめ作り上げた設定だった。

　そこで助けられた若者が、必死の形相で話しかけてきた。

「あ、あの、助けていただいて、ありがとうございます。僕は、ルカ・ミナルディ。教えていただきたいのですが、働き先の島はイギリスの貴族の領地なのでしょうか？」

「……私は、よく知らないんだ」

　実はよく知っているのだが、咄嗟《とっさ》にアルバートは誤魔化《ごまか》す。すると三人の様子を見ていた太った男が、いきなり口を挟んできた。

「島はノースランド伯爵、アベル・スタンレー様の領地です。伯爵は他の領地にも城をお持ちだが、島の城は特に気に入られているようですよ」

「住みやすい島なのですか？」

　取り戻した鞄をしっかりと胸に抱え込み、ルカは不安そうに訊いている。

「冬場は雪も降り、寒さも厳しいですが、城の中は暖かくて過ごしやすいです」

　どうやらこの男は、城で働いていたことがあるらしい。早速、詳しいことを訊いてみようとしたら、ジョエルが先に質問していた。

「よく知ってるな。あんた、城の人かい？」

「はい、料理長をしております。今回は買い出しに来ました。島では、紅茶やワインは作れませんからね。良質な胡椒《こしょう》や香辛料が大量に手に入りました。城にいらしてくだされば、おいしく焼いた子羊や子豚をご馳走《ちそう》いたしますよ」

「それはいいな。だけど料理長、伯爵はそんなに気前がいいのか？」

ジョエルが疑問に思う筈だ。客人をもてなすような料理を、使用人に提供すると言い出すのだから。

「島の生活を悪く言う者もおります。女がいないだの、自由がないだの。ひどい人になると、島に行って帰った者はいない、従わないと殺されるなんて言い出す始末ですからね」

料理長は悲しげに言うが、その姿を見ていたら誰もが噂は嘘だと思うだろう。彼の血色はよく、肌は艶やかで、いかにも日々美食を楽しんでいるように見えた。

「島から出られないのではありません。出たくなくなるんです。私だって、こうして港におりますが、帰りの船に乗ってすぐに戻るつもりでおります。間違っても、逃げ出そうなんて考えません」

「そりゃそうだな。毎日、旨《うま》いものが食えて、楽しく暮らせれば天国だ」

「そうです。けれどその天国に住むのは、やはり伯爵の臣下として相応しい人だけです。先ほどからお見かけしておりましたが、彼の窮地を救ったお二方の心根、それこそまさに、伯爵の求められているものなんです」

そこでジョエルは、アルバートの腕をポンポンと叩いてくる。

「この料理長についていけば、面倒な面接で苦労しないで済みそうだ。行こうぜ」

「彼は、どうする？」

アルバートはまだ不安そうにしているルカを見る。

「音楽家はそういないだろ。受かるに決まってるさ。だけど、またおかしなやつらに絡まれてもな。一緒に行こう、俺達といれば大丈夫だ」

いつからジョエルと、俺達と呼ばれる仲になったのだ。そう思わないこともなかったが、彼らと行動を共にすれば、怪しまれることもないかもしれない。そう考えて、アルバートはジョエル達と歩き始めた。

「ルカはどこの出身だ？　イギリスじゃないだろ」

ジョエルは詮索好きらしい。小柄なルカの肩に手を置いて、特別に仲のいい知り合いのように振る舞っている。

「オーストリアです……」

声が震えている。素直に答えてしまったが、本当なら言いたくなかったらしい。

どうやら支払われる金だけが魅力で、島に渡ろうと思っているのではないようだ。何か理由はあるのだろうが、アルバートにはここで追及する気は全くなかった。あまり知られていない島に渡って働こうなどと考える者の中には、訳ありな人間もかなりいるだろう。そんなことは面接のときに、たいして支障にはならない筈だ。

テントの下に置かれた椅子とテーブルで面接をしているのは、神経質そうな若い男だった。長い黒髪をかき上げてから、じろりと面接相手を見ている。風体が薄汚れていたり、酒臭い者は即座に追い払っていた。

「ゾーイさん、このお三方は、私が推薦しますよ。一人は音楽家です」

料理長がもそもそと耳打ちすると、ゾーイと呼ばれた男は三人に視線を向けてきた。

武術の腕はたいしたことはなさそうだ。といって学者になれるほど賢くはない筈だ。女達が騒ぐほどの容姿でもなければ、詩人の魂を持っているようにも見えない。アルバートは瞬時に酷評を下したが、ジョエルも同じように思ったらしい。

「何だ、伯爵の使用人にしちゃ、ずいぶんと偉そうだな。同じ使用人なのに、神様にでもなったつもりか？」

「この仕事にうんざりしてるんだろ。だが、あいつのサインがないと、島には渡れないらしい」

　契約書のようなものをゾーイは持っていて、それにサインをして渡された者だけが、島への渡航許可を得られる仕組みになっているようだ。

「そうか。それじゃ、嫌でもご機嫌取りするか」

　ジョエルには苦も無いことのようだが、アルバートはそういうことが苦手だった。ゾーイのような人間は、劣等感から将校というだけでアルバートを嫌うだろう。用意した賭け事による借金という志願理由も、あるいははね除《の》けられるかもしれない。

　面接希望者がまだ何人も並んでいるのに、ゾーイは椅子から立ち上がりテントを出てきた。そしてまずルカに向かって訊いた。

「音楽家ということだが、弾ける楽器は？」

「ピ、ピアノにバイオリン、チェロとハープ、フルートも演奏できます」

「ふむ……だが、若いな。子供は使えない」

「に、二十三になりますが、いけませんか？」

「とてもそうは見えないが」

　音楽家を募集しているということは、伯爵のサロンを華やかにするためだろう。だったらルカは美しく、申し分のない演奏者に思える。ゾーイは単に難癖を付けたいだけだ。そう思ったアルバートは、露骨に不快そうな顔になってしまった。

「料理長、こっちの二人はとても料理人には見えないんだが」

　アルバートの表情を見たせいか、嫌みったらしく言われて何か言い返してしまいそうになったとき、すかさずジョエルがにこやかに切り返した。

「最近はこの辺りも、海賊が出没するそうですね。我々なら、伯爵のために昼夜を問わず完璧な警護が出来るとお約束します」

またもや我々だ。どうしてもジョエルは、アルバートを仲間という扱いにしたいらしい。

「音楽家さんが狼藉《ろうぜき》を受けていたとき、紳士的に助けていましたよ。伯爵様は、そういった高潔な精神をお持ちの方を、探していらっしゃるのではないですか？」

ゾーイより料理長のほうが、余程人選に向いているようだ。まだ何か嫌みを言いたそうにしていたが、料理長の推薦を断ることはしたくないのか、ゾーイは再びテントの中に入り、三人を手招きした。

「お三方は教養もありそうだ。当然、文字は読めるんだろう？　内容を確認して、サインをしてくれ。健康問題で嘘を吐《つ》いてもすぐにばれるから、問題があるなら正直に答えるように」

「見てのとおり、健康ですよ」

契約書を受け取ったジョエルは、内容を確認もせずにサインしている。逆にルカは、何度も内容を読み返して確認していた。

「兵士殿、何か質問があるのか？」

アルバートがサインを躊躇《ためら》っていると、すかさずゾーイが訊いてくる。

「契約期間についてはどこにも書かれていないのだが……」

「ああ、最短で三ヶ月だ」

「それを過ぎたら、辞めてもいいのだろうか？」

この質問はまずかっただろうか。ゾーイは小馬鹿《ばか》にしたような顔でアルバートを見ると、口元に笑いを滲《にじ》ませた。

「もちろんだとも、兵士殿。金を手にして、この港に戻るといい。借金取りが待ち構えている、この港にな」

「……」

嘘の設定を口にしなくてもよくなった。どうやらここには、借金に追われてやってくる者が大勢いるらしい。

そこでアルバートはサインをした。偽名を使おうかと思ったが、本名でも問題はないだろう。何しろ実家は貧乏貴族だ。父も祖父も、名を馳《は》せるような活躍はしていない。

「アルバートか……いい名だ」

背後から覗《のぞ》き込んでいたジョエルが、アルバートの耳元で囁《ささや》いた。

「ふーん、アルバートね。アルバート・ジェフリー」

「何だ、この名前に見覚えでもあるのか？」

アルバートが苛立《いらだ》った様子で言うと、逆にジョエルは嬉《うれ》しそうに笑う。いったい何を考えているのか、アルバートには全く分からない男だ。

「金髪がアルバート、茶髪がジョエル、黒髪の音楽家がルカだ。船室の手配をしろ」

ゾーイは契約書をそれぞれの手から受け取ると指示を出した。すると屈強な船員が近づいてきて、無言で船を示す。

アルバートは僅《わず》かな私物が入った袋を手にして、素直に船員に従う。

伯爵の島に行くという第一の目的は、これでどうにか果たすことが出来たのだ。

豪華な船室というわけにはいかないが、清潔そうなハンモックが用意されていて、居心地はそう悪くない。あんなに大勢応募者がいたのに、実際に乗船してきたのは二十人で、船内の窮屈さもなかった。

島に到着するまで二日はかかるという。その間、日中は甲板に出るのを許された。早速甲板に出て、遠ざかる港を眺める。伯爵の島は、泳いで戻れるような距離ではない。出航したからには、簡単には逃げ帰れないという覚悟が必要だった。

「船酔いしそうになったら、バケツ抱えて横になってろ。船から身を乗り出して吐こうなんてすると、海に落ちるからな」

ジョエルは青ざめた顔のルカに、親切に教えていた。その間も、ずっと背中をさすってやっていて、弟思いの兄のようだ。微笑《ほほえ》ましく思っていたら、背後にいたゾーイの呟《つぶや》きが聞こえてきた。

「ふん、今のうちから手なずけておいて、自分の女代わりにするつもりか……」

そんなつもりはないだろう。わざと穿《うが》った見方をするなんてと腹が立ったが、冷静になって考えれば、ジョエルが男好きの可能性もあると思えてきた。

親切な色男だから、女達にももてるだろう。なのにわざわざ女っ気のない島に行くのは、金だけが目的だろうか。軍人が利用するような娼館すらない島だ。若くて健康な男にとって、性的なものが何もないのは辛《つら》いのではないか。

だが男好きだったら、男しかいない島では誰にも咎《とが》められることはなくて、天国のようだと思える筈だ。出航した途端、気に入った男相手に求愛活動を始めたということだろうか。

それならそれでいい。勝手にやっていればいい。

色恋沙汰に興味のないアルバートは、二人に背を向け、もはや海と空しか見えない風景を眺める。

じきに十八世紀が終わろうとしていた。温厚だが精神的に弱さのある王の治世が、すでに四十年近く続いている。

何よりも王を悩ませているのは、長年の宿敵であるフランスに起こった革命だ。フランス王は捕らえられて投獄され、その後に斬首された。貴族は力を失い、議会で熱弁を奮《ふる》うのは、新興勢力のブルジョワジーになってしまっている。

イギリスにも同じように革命を企てる者がいるのではないかと、王は常に怯《おび》えていた。そして有力貴族の実態を調べ始めたのだ。

『ノースランド伯爵……古くから、北方の領地を治める有力貴族だ』

アルバートの脳裏に、数日前の秘密会談の場面が蘇《よみがえ》る。

『先祖には荒々しい気質の領主もいたようだが、現領主は温厚で人柄もよく、領民には慕われている……』

王城の奥深く、昔から様々な陰謀や取引のあった小部屋で、アルバートはただ聞き入っていた。

『だからといって、伯爵がフランスのナポレオン・ボナパルトのようにならないという保証はない。何しろ、公的な場に滅多《めった》に顔を出さないからな。何を考えているのか、皆目分からない』

田舎貴族だから、ロンドンの社交界に怯えているのだろう。アルバートはそう思ったが、参列者のほとんどは違う意見のようだ。

『強固な要塞のような造りの城に住み、屈強な若い兵を集めているそうだ。資産はかなりあり、他国の者との交流もある』

　田舎貴族が革命の先導者になれるだろうか。その可能性を否定は出来ない。何しろあのフランスの王は、他国からの攻撃でなく、自国の民によって追い払われたのだから。

『伯爵は今でも、兵や使用人を募集している。ジェフリー少佐、君は自分が何をすべきか、この会談に同席して学んだと思うが……』

　簡単な任務だ。伯爵に気づかれることなく、島を探る密偵となればいい。もし少しでも王に対する謀反の兆候が見られたら、詳しく調べて報告する。一人で反乱の狼煙《のろし》を上げるとは思えない。必ず協力者がいるだろう。その者達の名前を調べるのも、アルバートに課された役目だ。

『君の活躍如何《いかん》によっては、お父上の議会での地位も変わるだろう。よき働きを期待しているぞ、ジェフリー少佐』

　没落貴族であるジェフリー家を救うには、アルバートが軍で出世し、高額な持参金を約束してくれる女性を射止めるしかないのだ。そのためには、軍人とはいえ戦場での名誉の戦死など望んではいけない。人知れず海の藻屑となってしまうとしても、内偵としての任務を果たすべきだ。

「アルバート、泳げるか？」

　ルカの肩に手を置いたまま、ジョエルが訊いてくる。

「ああ、泳げる」

「お二人とも泳げるんですね。僕は、泳げません。いったい、どこで泳ぎを練習したんですか？」

　イギリス海軍で出世するには、まず生き延びなければいけない。そのためには、泳げることが最低条件だ。

「子供の頃は川で泳ぎ、大人になってからは海で泳いだ」

アルバートが正直に答えると、すかさずジョエルが言ってくる。

「海軍じゃな。泳げないと務まらないだろ」

「海軍なんて、一言も言ってないんだが」

「分かるさ。船に乗ってる姿勢を見ればな。揺れても平然と真《ま》っ直《す》ぐ立ってる。しかも船員の動きを注意深く見守ってるところを見ると、ただの水兵ってことはない」

親切だが調子のいい男、そうジョエルのことを見ていたが、どうやらそれだけではなかったらしい。観察眼もあるようなので、これは用心しなければいけなかった。

「泳げないから、船に乗る前あんなに不安そうだったのか?」


アルバートはルカに話しかけ、さりげなく話題を変えた。

「いえ……それだけではありません」

ルカは俯《うつむ》き口ごもった。どうやらこちらも厄介な問題を抱えているらしい。

「無理に話すことはない。島に渡ってしまえば、皆、同じように伯爵の臣下だ。伯爵に護られることになるから、心配することもない」

「本当に伯爵は、僕らを護ってくださるでしょうか?」

「ああ……よい領主ならそうする」

使用人を護るのは、領主の務めだ。最低でも給金を支払い、生活を保障してやらねばならない。けれどアルバートの家、ジェフリー子爵家ではそれすら危うい。失策のせいで議会を追われ、名誉も資産も失った父のためにも、アルバートはここで期待通りの働きをするしかなかった。

「僕は……世間知らずで……どうしてこうなったのか今でもよく分からないんですが、殺人の罪を着せられて追われています」

いきなりルカに告白されて、アルバートは思わず周囲を窺う。ジョエルも慌ててルカを抱き寄せ、その耳元に囁いていた。

「おい、そういう話はな、人に聞かれたら困るだろ。特に、あのうるさそうなゾーイってやつには」

「ご、ごめんなさい。だけど、これまで誰にも話すことが出来なくて、辛くて……つい」

ルカは口元を押さえて涙ぐむ。

「分かった、その話は俺達がじっくり聞いてやろう。だけど、人が周りにいないときじゃないと駄目だ」

「は、はい」

そんな話は聞きたくない。余計なもめ事に巻き込まれるのはごめんだった。

けれど親切なジョエルとしては、放っておくなんて出来ないのだろう。すぐに親身になって相談相手をするに決まっている。

アルバートとしては関わりたくない。ルカを自分のものにしたいジョエルだけが、相手をしてやればいい。そう思ってさりげなく離れて行こうとしたら、ジョエルに袖を摑《つか》まれた。

「冷たくするなよ。話だけでも聞いてやろうじゃないか。アルバートは貴族で将校なんだろ？　だったら俺なんかより、こういった問題の処理の仕方に詳しい筈だ」

「私は……法律の専門家じゃない」

「それでも無学の俺よりは、ずっといろんなことを知ってるだろ？」

「……そんなことはない」

いろんなことを知っているのは事実だ。ルカが問題を抱えているとしたら、いい助言を与えてやれるかもしれない。けれどアルバートは、そんな能力があることを、内心ではあまり誇りに思っていなかった。

軍事戦略を学び、法律、医学も学んだ。優秀な軍人となるために必死で勉強してきたが、軍隊に入ってこれ以上の出世は望めないことを知った。なぜなら高位の将校になれるのは、名門貴族の子弟でなければならなかったからだ。

アルバートの功績を評価していても、そう簡単に出世させられない軍部は、特別な役を押しつける。失敗したら、アルバートを出世させなくていい。成功しても秘密の作戦だ。報奨金を与えるか、父親の復権を約束すればそれでいい。

自分は使い捨ての駒《こま》だと、アルバートは気づいている。努力してきたけれど、結局はすべてがたいして意味のないものになっていた。

「謙遜《けんそん》するな、アルバート。おまえはきっと凄《すご》いやつさ。俺には分かる」

ルカの機嫌を取るために、ジョエルはどうしてもアルバートの助けが欲しいらしい。

「ご迷惑は掛けたくありません。島に着いて、伯爵がどんな方なのか分かったら、そのときにまた改めて相談させていただきます」

めそめそ泣いているだけの軟弱男なのかと思ったら、意外にもルカの口調はしっかりしていて落ち着いていた。

「心配してくださって、ありがとうございます。おかげで勇気が湧いてきました。もう大丈夫ですと言いたいけれど、今度は本当に船酔いが心配になってきました」

愛らしい笑顔で言われて、アルバートもつい微笑んでしまう。するとジョエルは、明らかに不機嫌そうに唇を尖《とが》らせていた。

海図にはこう記されている。『ノースランド領・蝙蝠《こうもり》島』。そんなに大きな島ではなかったが、ちゃんとした名のある島なのだ。

霧の立ち込める早朝に、船はやっと島に近づいた。徐々に霧は晴れていき、目の前に現れた島の全容を見たアルバートは、数万の人間が暮らすのは不可能だと思った。耕作地も牧草地も少ない。船で生活必需品を運び込むのだろうが、ボートが接岸する港は小さかった。

異様な姿の城は巨大だが、居住部分がそんなに広いようには見えなかった。使用人や兵が暮らす宿舎だろうか、数軒の家屋が点在しているのは見えたが数は多くない。

これではどう考えても、革命のための兵士を駐屯させるなど無理だ。もしこの島をそんな目的で利用するとなったら、最善なのは兵器庫だろう。あるいはあの城の奥深くに、山ほどの爆薬や砲弾、銃剣などが隠されているのかもしれない。

「思ってたより小さな島だな。こんなところで、本当に警護の兵なんて必要なのか？」

島に向かうボートに乗り込みながら、ジョエルは不思議そうに呟いている。

「海賊が襲ってくるんだろうか？」

答えを求めるようにアルバートのほうを見て呟くが、そんな情報は入っていなかった。

「どうかな……島を急襲するには、ボートで上陸出来るような浜が必要だが、ほとんどが岩場で、崖になっている。あれをよじ登るのは大変そうだ」

切り立った断崖を示して、アルバートも考えてしまう。

「羽でもなければ、この島から出て行くのは難しそうだ」

地方貴族の城で、料理人や音楽家、下働きの使用人の需要があるのは分かる。けれど容易に侵入も脱出も出来ない島で、なぜ屈強な警護兵が必要なのだろう。領主の伯爵は特別に猜疑《さいぎ》心が強くて、島にいる使用人を疑っているということなのだろうか。

新たに雇い入れられた二十人は、皆、若くて健康そうだ。見た目も重視されるのか、容姿の整った者が多いことに、アルバートは今更のように気がついた。

「アルバート……」

ジョエルは身を寄せてきて、耳元で囁く。

「もしかしたら俺達……伯爵の慰み者になるんじゃないか？」

「どういう意味だ？」

「そんなことも知らないガキじゃないだろ。海軍ではどうしてる？　女のいない船で何ヶ月も暮らすんだ。ルカみたいな可愛い新兵がいたら、真っ先に狙われるだろ？」

そんなことなら誰でも想像は付く。けれど今回選ばれた中で、女性的な外見をしているのはルカだけだ。

「可愛い新兵に該当するような男は、ルカ以外にいないが」

アルバートは思ったままを口にする。

「伯爵の趣味は、俺達みたいな逞《たくま》しい男なのかもしれない。どう思う？」

「だったらどうなんだ。君は、喜んでその役をやるのか？」

思わず口調が皮肉っぽくなってしまった。

革命を企む貴族の調査ならやり甲斐《がい》もあるが、金に飽かせて性的な趣味を満足させようとしているだけの貴族だったら、その実態を調べたところで何の価値もない。

再びあの会議室に戻って、退廃的な趣味を愉《たの》しむための島でしたと報告するのだろうか。たとえそれが真実だったとしても、誰がそんな報告を聞きたがる。貴族社会の恥となるようなことは、見なかった、聞かなかったことにしろと言われるだけだ。

「アルバートはどうだ？　そんな役なら断るか？」

「断る。私は、伯爵のおもちゃになるために来たんじゃない……金のためとはいえ、まだそこまで落ちるほど腐ってはいないので」

その答えが気に入ったのだろうか。ジョエルはヒューッと小さく口笛を吹いた。

「将来を約束した女でもいるのか？」

訊かれてアルバートは眉を寄せた。女性と将来を約束することなんて出来ない。恋愛より重視しなければいけないのは、相手が用意する持参金の額だった。

「君はどうなんだ？」

爵位を継ぐ嫡男《ちゃくなん》以外の貴族の子弟にとって、結婚相手を持参金で決めるのは普通のことだが、やはり恥ずかしくて言いづらいから、質問に質問で答えてしまった。

「何年も傭兵暮らしだ。なのに決まった女がいると思うか？」

「幼なじみとかいるだろう？　結婚するために金が必要なんじゃないのか？」

ジョエルのことになど興味がないのに、つい訊いてしまった。するとジョエルは、自分に関心を寄せてくれたと誤解したようだ。嬉しげに身を寄せてきて、アルバートの肩に手を置いてきた。

「女はいない。俺が欲しいのは……」

言葉を遮るように、そのとき岸から大きな鐘の音が響いた。続けて高らかにラッパが鳴らされる。どうやら島の住民が出迎えてくれているらしい。

「早速の仕事で申し訳ないが、岸に着いたら荷下ろしを手伝ってくれ。君らがこれから飲んだり食べたりするものだ。大切に扱ってくれ」

船長の言葉に、皆は荷物の積まれたボートへと視線を向ける。人を乗せるボートより、荷を積んだボートのほうがはるかに数が多かった。

事前の調査では、ノースランド伯爵の資産はかなりのものだった。この島以外にも、北部に広大な領地を持ち、植民地に炭鉱や鉱山を所有している。だが政治や社交には興味がないらしい。ロンドンの邸《やしき》を訪れることはほとんどなく、伯爵の友人専用宿泊所のようになっていた。

本人がこの島にいるのは確かで、もう何年も島から出た様子がないということだ。けれどアルバートは疑っている。島から出ないのではなく、出たことを知られていないだけではないかと。

資産管理はすべて家令に任せているとはいえ、領地も視察しないというのはおかしく思える。そう考えてしまうのは、伯爵の統治が完璧で、資産もしっかり運用されているからだ。もし伯爵が島で遊び暮らしているだけだとしたら、かなり優秀な家令を雇っているということだろう。

「見ろよ、布をあんなに大量に運び込んでいる。伯爵は相当な洒落者《しゃれ》らしいな」

ジョエルは一艘《そう》のボートを指し示して言った。確かに油紙が巻かれた布らしきものが大量に積まれている。

「仕立屋も募集してただろ。どうやら伯爵は、ロンドンまで行かずにここですべて作らせてるみたいだな。船員達も料理長も、ゾーイって男も、みんな新しい服を着ている。俺達も、いい服を支給してもらえるってことか」

言われてみれば船員の誰一人として、破れや継《つ》ぎ接《は》ぎのある服を身につけていない。ボートに乗っている今回集められた男達のほうは、ほとんどが薄汚れた身なりだった。

「使用人をかなり優遇しているようだな」

アルバートの疑問に、ジョエルは即座に答える。

「そうさ、だから俺は伯爵の趣味を疑ったんだ。綺《き》麗《れい》な男を並べておいて、夜になったらその中の好みのやつを寝室に引きずり込むんじゃないか？」

「だったらそれが嫌なやつはどうする？　島から逃げ帰るのは一苦労だが」

「簡単さ。見ろよ……鳥になって飛べばいい」

ジョエルは断崖を示す。海風に晒《さら》されながらもそこに木々は茂っていて、枝葉を大きく揺らしていた。けれどその下は、激しく波が打ち付ける岩場だ。

「嫌なやつは、あそこから海に飛び込むのさ。補充が必要になるのは、そういう理由じゃないか？　島から戻ったやつの噂をほとんど聞かないしな。伯爵はきっともの凄く醜い老人なんだ。そのくせ欲望は強くて、とんでもなく恥ずかしいことをさせるのかもしれない」

体を密着させて、ジョエルはアルバートの耳元で囁く。そんな場面を想像して、一人で興奮しているのかとアルバートは内心呆《あき》れていた。

「君は……そんな役目でも喜んでやりそうだ。よかったな、いい仕事先が見つかって」

皮肉な口調で言ってやると、ジョエルは心底おかしそうに体を揺すって笑った。

「イギリス人は皮肉屋だって知ってるが、アルバートが言うと皮肉ですら冗談に聞こえる」

「そうか、それは修行が足りなかったようだ」

伯爵は醜い老人などではない筈だ。与えられた情報によると、まだ若くて壮健な肉体を誇る美丈夫らしい。なのに世捨て人のように暮らしている。こんな島に、若い男ばかりを集めているとなったら、反乱を疑われてもしょうがないだろう。

二人の会話を黙って聞いていたルカは、体を小刻みに震わせている。どうやら怖くなってきたらしい。

「心配するな。船は定期的に本国と行き来している。嫌になったら、いつでも帰れる」

アルバートが優しく声を掛けてやると、ルカは力なく微笑んだ。

「ぼ、僕は、あんな断崖から飛び降りたくはありません」

「ああ、分かってるよ、怖がらせてすまなかった。冗談だよ、冗談」

　さすがにルカを怯えさせたのはまずいと思ったのか、ジョエルは慌てている。

「もし、嫌なやつに迫られたら、俺達が追い払ってやるから、心配すんなって」

　ジョエルと二人でルカを護るのは、当然の役目ということになったらしい。アルバートはそんなもめ事を起こしそうなやつがいるだろうかと、ボートに同乗している男達の顔を見回した。

　見るからに健康そうで、屈強な体をしている者が多い。見かけのいい理由の一つが、歯の欠けた者や歯並びが極端に悪い者がいないことだった。皮膚病を患っている者もいない。どこの軍隊でも欲しがるような若者ばかりだ。

　アルバートの視線に気づくと、照れ笑いを浮かべる者もいる。または睨《にら》み付けてくる者もいた。肉体は健康そうでも精神面はどうだろう。他人を傷つけることを喜びとするような人間がいなければいいのだが。

　ボートは浅瀬に乗り上げる。すると船員達が海に飛び込み、次々とボートを岸に引き上げていく。アルバートはジョエルと共に、濡れるのも構わず手伝った。同じように手伝う者もいたが、ルカのように最後までボートにしがみついている者もいた。

　岸で出迎えてくれたのは、同じように屈強な男達だった。笑顔で声を掛けてくるその様子から、悪意は全く感じられない。

「やぁ、よく来たな。船旅はどうだった？　船を下りてすぐは足下がふらつくだろう？」

　壮年の赤毛の大男が親しげに話しかけてくる。

「ああ、俺は船に慣れてないから、ふらふらだ。彼もまいってるみたいだな。ほら、音楽家の先生、しっかりしろよ」

ジョエルはふらつくルカを支えてやっている。

「あんたは平気そうだ。海軍かい？」

聞かれてアルバートは黙って頷く。

「ここでは音楽家は大切にされる。先生、荷馬車に乗りな。この先は坂だ」

赤毛の男は親切にも、荷を積み終えた馬車の後ろにルカを抱えて乗せてくれていた。

「そうか、音楽家は特別待遇なのか」

ジョエルが面白くなさそうに言うと、赤毛の男は軽くその肩を叩いて笑い出す。

「伯爵は音楽がお好きだ。あんたもオペラ歌手並に歌えるっていうなら、馬車に乗せてやってもいいぜ」

そこでジョエルは、スイスの古い歌を朗々と歌い出す。下手ではないが、オペラ歌手並とはいかなかった。

「面白い男だな。俺はサムだ。ここにいる連中は、みんな気立てがいいから安心するといい。ただし、あいつだけは少々厄介だが」

一人だけ馬に乗っているゾーイを示して、サムは意味ありげな顔をした。

赤毛の男が合図をすると馬が動き出し、馬車がゆっくり進み始めた。

「彼は伯爵の執事なのか？」

アルバートが訊《たず》ねると、サムは大きく首を振る。

「本土の城には、家令も執事もいるらしいが、この島にはそういった者はいない。あの男は執事代理みたいなもんだ。この島で一番偉いのはもちろん伯爵だが、その次に偉いのは料理長さ。何しろ、料理長の機嫌を損ねたら、旨い肉が食えなくなる」

「あなたはどれぐらいの地位にいるんだ？」

「俺か？　地位なんてものはないよ。俺はもう二十五年、この島で暮らしている。今は皆の世話係だ。知りたいことがあったら、何でも俺に訊いてくれ」

「二十五年もいるのか……」

「ああ、十五歳のときに島に来た」

ではもう四十歳になったのだろう。だが実際の年齢よりずっと若く見える。それだけ待遇がいいということだろうか。

「帰ろうとは思わなかったのか？」

「本土や別の国に家族がいるやつは帰るが、俺はいないからね。死ぬまでここにいるさ」

この時代、下層民が五十歳まで生き延びるのは大変だった。体が弱り病気にでもなれば、惨めな死が待っているだけだ。だが伯爵は、奇特にも老いて死ぬまで彼をここで雇うつもりらしい。


「いつから伯爵はこの島に住んでるんだ？」

アルバートの質問に、サムは口ごもる。そして質問には答えずに、逆に違うことをアルバートに訊ねてきた。

「海軍さんは、借金かい？」

「あ、ああ、カードで失敗して」

「ここでもカード賭博は盛んだ。夜のサロンには近づかないほうがいい」

「それはどうも……」

男しかいない島で、娯楽と呼べるようなものは何もないのだろう。賭博をする者がいても当然だ。けれど賭博中のテーブルには近づかないほうがいい。アルバートが賭け事好きではないことが、すぐにばれてしまう。

「なぁ、俺達はどんな仕事をするんだ？　歌は下手だし、羊の毛を刈るのも出来ないんだが」

ジョエルが会話に割り込んでくる。するとサムは即座に答えた。

「兵隊さんには、伯爵やお客の前で試合をするって役目がある。そのために毎日訓練だ」

「試合って、剣のか？」

「剣だけじゃない。弓矢に槍《やり》、素手の殴り合い、中世の騎士と同じだよ」

そう言われても、果たしてジョエルに中世の騎士がどんなものか分かるだろうか。芝居や絵画でその姿を見るくらいのものだろう。

「まさか甲冑《かっちゅう》着て戦えっていうのか？」

「ああ、そうだよ。本当にそんな格好で模擬試合をやるんだ」

「ええ、この銃と大砲の時代に、甲冑の騎士かよ？」

どうも判然としない。伯爵はここで昔ながらの貴族ごっこに興じているらしい。それとも中世の試合と見せかけて、自分の私兵を徹底的に訓練し、来たるべき革命の戦士にすべく養成しているとしたらどうだろう。

「賞金が出るよ、兵隊さん。試合では、俺達も裏で賭けをやる。あんた達は強そうだ。俺を儲《もう》けさせてくれよ」

「いいとも。そうか、賞金が出るんなら、頑張《がんば》らないとな」

賞金と聞いて、途端にジョエルは笑顔になる。

息を荒げて急な坂道を上っていく。馬が少しでも楽に牽《ひ》けるように、男達は協力して馬車を押していた。そしてついに平坦な道に出た。

アルバートはそこで息を呑《の》む。同じように、馬車から飛び降りたルカも、目にしたものに驚き震えていた。

「こんな……ところなのか」

海から見たときは、荒々しい印象しかなかったのに、島の中で見る景色は大きく違っていた。城までの道は綺麗に石畳が敷かれている。沿道の並木はどれもみずみずしい葉を茂らせ、地面の近くには色とりどりの花が咲いていた。そして城の周りは、青々とした芝生が取り巻いている。

「ベルサイユみたいだな」

ジョエルの感想に、サムはまるで自分の住まいを褒められたかのように、胸を反らして言った。

「兵隊さんはベルサイユ宮殿に行ったことがあるのかい？　どうだ、ここも劣らないくらい素晴らしいだろ」

「ああ、たいしたもんだ。もっと田舎の荒れた城を想像してたぜ」

「城に住めるのは、騎士の資格を手にした人と音楽家だけだ。兵隊さん、騎士を目指すといい」

では他の人間はどこに住んでいるのだろう。見ると城のすぐ近くに、小さな村ぐらいの集落が広がっていた。

「城の側《そば》にあるのが大食堂で、その隣が宿泊施設だ。その横に鍛冶場、縫製室があって、外れに厩舎《きゅうしゃ》と家畜小屋があり、その先は農地と放牧場になっている」

サムの説明を聞きながら、アルバートはさらに目を凝らして周囲を眺める。

貴族は農地からの収入で生計を立てているものだが、この規模では住民を食べさせていくだけで終わりだろう。きっと麦も酒も足りないはずだ。足りているのは、野菜と豚肉ぐらいのものだろうか。

そうなると伯爵は、多大な私費を投じて住民を養っていることになる。

何のためにやっているのだ。単なる人助けとは思えない。慈善事業だったら、か弱い女や子供、病人などのために島を開放するべきだ。なのにここには、どこにいても十分に働ける男達ばかりが集められている。

革命のための準備をしているなら、もっと早くに実行すべきだ。サムを始め島の住人は、毎日楽しく暮らしているだけらしい。そんな時間も金も無駄だろう。

貧乏貴族のアルバートには、金持ちの貴族の思考はよく分からない。ここは単に、伯爵の浪費のための島なのだろうか。では一日にいくら浪費するのだ。

ベルサイユを追放された愚か者と同じように、無駄なことをしているのだとしたら、それはまた報告する必要がありそうだ。

堕落した貴族は庶民に憎まれる。貴族への憎悪が、そのまま国王への憎悪と結びつくことを、何よりも王は恐れているのだ。


船に乗っている間、ルカは何度も海に飛び込みそうになった。その考えを外に押しやってくれたのは、ジョエルとアルバートの二人だ。彼らがそれとなく話しかけたり、肩に手を置いたりして気遣ってくれなかったら、死の誘惑に負けて荒海に飛び込んでいただろう。

まだ死にたい気持ちはくすぶっているが、急ぐことはない。船から城の側の断崖を見た。あそこから海に向かって飛び込めば、簡単に死ねるということが分かったのだから。

ルカが警察に追われていることを、知っている人間はいるだろうか。少なくとも船に同乗していた男達の中には、ルカのことを知っている者は一人もいないようだった。

ここはイギリスだ。オーストリアではない。警察は自国の犯罪者を逮捕するのが精一杯で、他国からの逃亡者にいちいち目を光らせたりはしていない筈だ。

伯爵が護ってくれるというなら、島にいる間は安全だ。だが、安心は出来ない。島から出て行く人間もいるのだ。彼らの中に、ルカのことを警察に告げる者がいるかもしれない。

「どうした？　元気ないな。もう足下は揺れないから安心しろ。今から食事だぞ。船の中で出された飯もまずくなかったが、あの料理長が腕を奮った料理がどれほど旨いのか、楽しみじゃないか」

ジョエルがまた話しかけてくれる。こんなふうに優しく気に掛けてくれる兄弟か従兄弟《いとこ》でもいたら、何らかの力になってくれて、ルカは警察に追われるようなことにはならなかっただろう。

二年前に父が亡くなり、すでに母も姉も失っていたルカには、意地の悪い継母とその連れ子である義妹しか、家族はいなくなってしまった。警察に追われるようになったから、義母はすでにルカを勘当したかもしれない。頼れるような縁戚も友もいない。ルカは独りぼっちなのだ。

「寒いか？　火の側に行こう」

肩を押されて、食堂の中に入り席に向かう。食堂には大きな暖炉があって、鉄串に刺された鶏肉《とり》が焼かれていた。焼きたてのパンが籠に溢れていて、給仕は大鍋の中からいい匂いのするスープをよそっている。

「ずいぶんと厚遇だな。貧乏貴族の食卓より、余程豊かだ」

アルバートは怪訝《けげん》そうに言う。

「そうだな。俺もいろんなところで雇われてきたが、こんないい待遇は初めてだ」

ジョエルも言うからには、これはかなりの厚遇なのだろう。

ルカはまだ一度しか働いたことがない。男爵家で、年若い夫人にピアノを教えるのが仕事だった。

教えに行くと、まずお茶においしそうな菓子で接待される。夫人の客が来ていれば、皆で談笑したり、ルカの伴奏で歌ったりもしていた。

優雅で慈愛に満ちた美しい時間だった。けれどそれらはすべて、ルカを陥れるために用意された罠《わな》だったのだ。

「焼きたての鶏肉なんて久しぶりだ。よく肥えてる、旨そうだ」

ジョエルもアルバートも旺盛な食欲をみせている。けれどルカは、やはり胸につかえているもののせいで、一向に食欲は湧いてこなかった。

せめて親切にしてくれた彼らにだけは、何もかも話してしまいたい。そうすればきっと心は軽くなるだろう。

警察はルカの言うことなど信じてくれない。貴族の言いなりになって、ルカを罰しようとするだけだ。再び本土に戻され、警察に突き出されるぐらいなら、断崖から海に飛び込んだほうがましだ。

「部屋は四人部屋なんだけどね、兵隊さんと音楽家の先生は別になるよ」

世話係のサムがやってきて、手にした紙に書かれた部屋割りの図を示す。

「先生達は城に住んでるから」

「あの……慣れるまでは、この人達と一緒では駄目ですか？　僕は、とても臆病なもので、彼らのように親切で強い人の側にいると安心するんです」

音楽家仲間と同室になるのは不安だ。貴族社会との交流があり、噂好きの連中だ。もしかしたら彼らの耳には、ルカのことが届いているかもしれない。

ジョエルとアルバートなら、また話を聞いて助けてくれそうな気がする。伯爵に会う前に、追い出されたくはない。他に頼れそうな人はいなかったから、どうしても彼らと離れたくなかった。

「そうだね……音楽家の先生達は、年寄りが多いからね。いいだろう。しばらく三人で一部屋を使ってくれ」

サムが部屋の位置を示し、三人の名前を書き込む。それを見ているジョエルを、アルバートは不思議な笑みを浮かべて見ていた。

「すみません、僕が同室では迷惑だったでしょうか？」

恐る恐る訊いてみると、ジョエルは変わらぬ笑顔ですぐに答えてくれた。

「そんなことはないさ。音楽家は年寄りが多いって？　だったら、当分俺達と一緒にいればいい」

「ここが本当に安全な島か、まだよく分からないしな」

アルバートも頷いて、ルカを安心させるような笑顔を向けてくれた。

「お二人がいい人で……助かりました」

「こんな島まで一緒にやってきたのも、何かの縁だろう。いる間は、せいぜい仲良くしようじゃないか」

前向きな意見をジョエルは口にする。アルバートは曖昧に頷くだけだ。やはりルカに対して不信感を抱いているのだろうか。

そのとき、数人の男達が、酒はないのかと騒ぎ始めた。酒に対して特別な思い入れのないルカだったが、なるほど言われてみれば豪華な料理はあるのに、ワインの一瓶も提供されていない。

「夜になったら、簡単な医療検査があるんだ。それが終わったら、旨い酒が提供されるから、それまで大人しく待っててくれ」

不満そうな男達に、サムが説明している。それを聞いていたジョエルも渋い顔をした。

「どういうことだ？　医療検査？　ここに来る前、面接しただろう？　あれで十分じゃないのか」

「隔離された島での生活だ。ややこしい病を持っている者は、置かないって方針だろ」

「アルバートはどんなに調べられても、何の問題もないって自信があるのか？」

「そうだな……少なくとも、性病には罹《かか》っていないと思うが」

それを聞いて、ジョエルは大げさに背を反らして笑い出す。

「ルカはどうだ？　危ない娼館のお姉さんに、お世話になったか？」

「い、いえ……」

急いでルカは首を横に振る。結婚前に姦淫するなど、ルカには考えられない。その生真面目さが、自分をここまで追い込んでしまったのだが。

「伯爵にはいつ会えるんだろうか？」

入り口に目を向けて、アルバートは呟く。ルカも同じように、戸口に視線を向けた。

午前中の暖かな光が、木々の枝葉の緑を輝かせている。霧が晴れた後の空は青く澄み渡り、爽やかな潮風が男達の熱気が溢れる室内を吹き抜け、清浄な空気と入れ替えていた。

よく目を凝らして見ると、遠くの野原で乗馬をしている一団がいた。ここでは騎士と呼ばれている兵達の訓練なのだろうか。かなりの速さで駆け抜けていった。

楽々乗馬もこなせるような、強靭な肉体があったらもっと違った生き方が出来ただろうか。ルカは幼少時から病弱で、三歳上の姉とピアノやバイオリンを奏でることだけが楽しみな少年だった。

男らしくない自分を内心恥じていたが、父はそれでルカを責めるようなことはなかった。むしろ音楽の才能を伸ばせるように、いろいろと手助けしてくれたのだ。

けれど父の期待に応えることは出来なかった。せめて作り上げた曲を、誰かに聴いてもらえればと今でも思う。

「その譜面は貴重なものらしいが、私にはその価値が分からない。伯爵なら分かってくれるだろう」

足下の鞄にばかり視線を向けているルカだったが、その様子を見たアルバートに言われて、思わず涙が出そうになった。

「評価していただければ嬉しいのですが……」

ピアノの教え子である男爵夫人の紹介で、オーストリアのホールで大々的に演奏される筈だった。自分でもよく出来たと思っている。だが譜面に書かれた音符は、ただの記号でしかない。演奏され、音にならなければ、インクで描かれた線と黒い染みでしかない。

「伯爵に援助者になってもらいたいのか？」

身分が貴族であるアルバートは、貧しい音楽家にとって、支援してくれる貴族の存在が必要なことはよく分かっているようだ。

どんなに才能があっても、王族に気に入られるような宮廷音楽家に、誰でもなれるわけではない。何人もの優秀な音楽家が、支援を得られず赤貧のうちに亡くなったことだろう。これまで誰も聴いたことがないような名曲の譜面が、暖炉の焚《た》きつけに使われてしまったかもしれないのだ。

「音楽家にとって、支援してくださる貴族は重要です」

「そうだな。私が借金まみれでなかったら、喜んで助けてやったんだが」

ますます泣きたくなってくる。やはり彼らにだけは、本当のことをただちに告げるべきだろう。ルカの身の潔白を信じてもらえるなら、それだけで大きな励みになる。

「なぁ、やっぱり上手い話ってのにはさ、何かあるよな」

ジョエルがいきなりアルバートの腕を摑み話しかけていた。

「医療検査って何だ？」

「どうやらジョエルは、危ない病に罹ってるらしいな。検査に引っかかりそうで不安なのか？」

「そうじゃない。まさか、裸にされるってことはないよな」

アルバートは笑い出す。つられてルカも笑ってしまった。

「男に裸を見られると困ることでもあるのか？　ルカが恥ずかしいと言うのなら分かるが、ジョエルが言い出すとはな」

「いや、そうじゃない。そうじゃないんだ。俺の自慢のものを見たら、みんな自信をなくすんじゃないかと思ってさ」

笑い話で誤魔化そうとしているが、どうやらジョエルは裸を見られるのが嫌らしい。ルカだって嫌だ。きっと自分はこの島にいる男達の中で、一番貧相な体をしていると思えるからだ。

けれどジョエルの恐れていたとおりになってしまった。陽が沈み、青かった空は藍色になり、天空のダイヤモンドと呼べる星々が瞬き始めた頃、今日島にやってきた全員が、食堂の裏手にある巨大なローマ式浴場に集められたのだ。

「どういうことだ。傭兵はだな、風呂は娼館で入ることに決めてるんだよ」

「そうか、それは知らなかった。だがジョエル、ここに娼館はないぞ。だったら、ここにいる間ずっと体を洗わないつもりか？」

「湯とタオルがあれば、体を拭うくらいするさ。何もこんな大げさな、池みたいな風呂に入る必要はないだろう」

「海水浴は健康にいいらしい。それと同じように温浴もいいんじゃないか。ローマ人が愛していたくらいだ。効能はあるに違いない」

意外にもアルバートは入浴を素直に受け入れている。イギリスの海軍では、新しい健康法などを積極的に取り入れているのだろうか。

「ジョエルが嫌がっているのは、単に体を見られたくないからだろ？　服を着ていると逞しく見えるが、中身は貧相に痩《や》せていて、腹だけ出てるのか？」

「見られて困るような体はしてねぇよ。問題なのはな、あまりにもいい体なんで、狙われたらどうしようって心配してるのさ」

「誰が好きこのんで、君を狙うんだ？」

「さあな。あの辺見てみろ。島の先住人がこっち指さして品定めしてるみたいだぜ」

二人のやりとりを聞いて笑っているわけにはいかない。ルカは人前で裸になどなったことがないから、恥ずかしさで今にも気を失いそうだった。

「ルカ、心配しなくていい。君をおかしな目で見るようなやつらから護ってあげるから」

アルバートはそう言ってルカを励ますと、脱衣所で真っ先に着ているものを脱ぎ始めた。それにならって、ルカもこそこそと服を脱ぐ。そういえば着替えのシャツは一枚しかない。今着ているものを洗って欲しいが、そんなことは誰に頼めばいいのだろう。

「着替えはそこに置いていけ。後で綺麗にして返すから。ここにいる間は、清潔な衣服が支給される。検査が終わったら、新しい衣服を受け取ってくれ」

サムがそう説明しながら、手伝いの男達と脱ぎ捨てられたものを集めていた。

それを聞いてルカはほっとする。生まれつき病弱なので、常に清潔でいられるように気を遣っていた。それなのにここ数日の逃亡生活で、すっかり汚れてしまった。着替えまで用意してくれる厚遇には、本当に感謝している。なのにたかが裸になるのを躊躇うなんてと、思い切って勢いよくすべて脱ぎ捨てた。

「強制的な入浴だが、伯爵の見識は正しい。ここに来た連中ときたら、清潔とは言いがたい状態だったからな。体を洗っても、また前の服を着たら同じことだ。ノミやシラミの宝庫だから」

「アルバートは慣れているようですが、海軍にもこんな風呂があるのですか？」

「いや、ない。軍人というのは……残念だが、清潔さとはほど遠い職業だ」

手渡されたタオルと大きな海綿に、これをどうやって使うのか戸惑っていると、いつの間にか側に来ていたジョエルが説明してくれた。

「いいか、あそこにあるシャボンの塊をこいつで泡立てて、あそこで体を洗うんだ。池みたいな風呂には浸《っ》かるだけだとさ」

先に入った男達が、手伝いの男達から説明されている。それをジョエルは、素早く聞き取ったらしい。

「何で脱ぐのを躊躇った？」

アルバートに訊かれたジョエルは、珍しく怒った様子で先に湯に向かって突進していた。

ルカにもジョエルの苛立ちの意味が分からない。体には無数の古傷があるが、鍛えられた素晴らしい体をしている。あれならむしろ誇らしげに、皆に見せびらかしてもいいくらいだった。

海水が混じった湯に入ると、気持ちはいいが軽い目眩《めまい》がした。湯が特別に熱いわけではないし、ルカにしてはたっぷり食事を摂《と》っている。なのに目眩を感じているのは、ずっと続いていた緊張が、ほぐれたせいかもしれない。

部屋に戻ったら、アルバートとジョエルにすべてを話してしまおう。そうすればもっと心は軽くなって、ここでの生活も楽しめそうだ。

男ばかりというのも、ルカにとっては安心出来る。何しろ女性に関していい思い出は一つもない。優しかった姉は早くに亡くなってしまったし、ほのかに憧れていた男爵夫人からは惨《むご》い仕打ちを受けた。継母や義妹のルカを見る目といったら、ぞっとするほど冷たくて、思い出すだけで震え上がるくらいだ。

ここで伯爵に気に入られ、演奏だけしていればいいというなら何よりだ。けれどまだ少し未練がある。作曲したものを発表する機会、そんなものが欲しかった。

入浴が終わると、タオルで下半身を覆っただけの姿で隣室に案内された。蠟燭《ろうそく》の灯りで、昼のように明るくなった室内には、黒髪の青白い肌をした男がいて、診察台に横たわった男の腕から、血を採っていた。

「えっ……」

ルカが不安そうに後じさると、ジョエルがその体を受け止めてくれた。

「おい、あれは何をやってるんだ?」

「あれは瀉血《しゃけつ》という治療法だ。やったことはないのか?」

アルバートに言われて、ジョエルは頷く。

「ああ、俺は生まれつき丈夫だからな。戦で怪我《けが》して血をたくさん流したが、わざわざ血を捨てるようなことはしたことないぜ」

「見ろ。名前を書いて血を保存している。血で病を見つけるんだろうか。伯爵は進んだ医療技術にも詳しいみたいだな」

ショットグラスに半分ほどの血を抜くと、黒髪の男が素早く傷口の処理をする。そして今夜は静かに過ごすようにと指示を出していた。

「危ない病が、血で分かるのか?」

「かもしれない。ジョエル、ついに過去の行いに対して審判が下されるな」

冗談っぽくアルバートが言っているのは、ルカの緊張を和らげるためもあるのだろう。そんな心配をされるほど、ルカは震えが止まらなくなり、顔面は蒼白《そうはく》になっていた。

「使う医療用メスも、毎回消毒した新しいものに取り替えている。あの男は医師だろうか。かなり腕がよさそうだ。ルカ、安心していい。痛みはたいしたことないだろう」

「そうだ、先に俺が受けて、痛いかどうか試してやる。もし痛かったら、おまえのときにはもっと痛くないようにやれって言うから」

「演奏するための大事な手じゃ嫌なら、足にしてくれと頼むといい」

二人に励まされて、どうにかルカは立っていた。

よく見ると、医師の後ろの台の上には、名前の書かれたガラス瓶に血が入っているものが何本かあった。蠟燭の灯りに照らされた血は、赤というよりも黒く見える。

心臓はどきどきと鼓動を激しくさせていた。何とか自分を落ち着かせようと目を閉じたが、脳裏に突然、血だらけの男爵の姿が蘇ってしまった。

高価な絨毯《じゅうたん》に血の染みが広がっている。誰かに刺されたのだろうか。慌ててルカが助け起こそうとしたときに、男爵夫人が執事と共に部屋に入ってきた。

そして叫んだのだ。

ルカに向かって、人殺しと。

違う、僕じゃない、僕はあなたに呼ばれてここに来ただけだ。そう言って無実を証明しようとしたけれど、いったい誰が信じてくれるというのだろう。

若く美しい男爵夫人に、身分違いの恋をした若き音楽家。嫉妬に狂い、夫の男爵を殺害した。

そうだ、そういう筋書きがすでに出来ていたのだ。

そうでなければ、都合よくすぐに警察が呼ばれる筈がない。そう考えられるようになったのは、ずっと後になってからだ。そのときは、ただその場から逃げることしか考えられなかった。

逃げなければ、ともかく遠くに逃げなければいけない。どうせなら外国まで逃げてしまおう。ルカにとって大切なものなんて、完成した楽譜と命しかないのだ。後はすべて捨てて、遠くに逃げてしまおう。

「僕じゃない……僕はやっていないんだ」

目を見開くと、診察台の上にジョエルが横たわっているのが見えた。その手に鋭利な刃物が押し当てられ、血が滴ったのを見た瞬間、ルカは気を失っていた。

清潔なシーツだ。微《かす》かに陽の匂いがする。やっと家に戻ったらしい。いや、違う、今の家では陽の匂いがするようなシーツなんて与えられない。継母はまめにシーツを洗うなんて贅沢《ぜいたく》だと言って、何日も取り替えてはくれないのだ。

では、ここはどこだろう。不安になって目を開くと、アルバートとジョエルが上から覗き込んでいた。

「よかった、アルバートが後ろにいて支えてくれたから、頭は打ってないぞ」

「音楽家は検査の必要がないそうだ。どこも切られてないから安心するといい」

二人から同時に話しかけられて、ルカは混乱しつつも微笑むしかなかった。

シーツだけではない。清潔な寝間着に着替えさせてもらっている。体に掛けられた毛布は暖かく、ルカはこの幸運を神に感謝して涙を流していた。

「泣くほど、切られるのが怖かったのか？　たいして痛くなかったぞ」

ジョエルは手首に巻かれた包帯を示して言った。

「そうじゃないんです。血が……怖くて……」

ここが与えられた部屋なのだろうか。三台のベッドがくっついた状態で並んでいる他には、小さなテーブルと椅子が三つあるだけで、壁には絵もなく、一輪の花も飾られてはいなかった。

「音楽家の先生は、血を見たこともないのか？」

アルバートは呆れたように言う。そこでルカは本心を口にした。

「僕は、殺人犯として追われています。招かれた部屋で、主《あるじ》の男爵が大量に血を流して死んでいました。その場面を思い出してしまって」

「そうか…。それは辛かったな。だけど、どうしてそんなことになったんだ？」

「僕は夫人に、ピアノを教えていたんですが……何だか、僕が夫人に恋したせいで殺したことになってるみたいです」

「検査を受けたご褒美《ほうび》に、酒をくれたぞ。本物のスコッチだ。飲むか？」

ルカの告白を聞いていただろうに、ジョエルはたいしたことではないと言うように、手にした酒瓶を勧めてきた。

「いえ、今は、とても……」

アルバートの腕にも包帯が巻かれていて、微かに血が滲んでいた。それを見ただけで、またもや気分が悪くなってくる。どんなに勧められても、酒を飲む気にはなれない。

「ここまで逃げてきたんだ、たいしたもんじゃないか」

勧めても飲まないと知ると、ジョエルは瓶から直《じか》に酒を飲み始めた。

「うおっ、こりゃ上物だ」

嬉しそうにさらに飲もうとするのを、アルバートは止めている。

「湯に入って血の巡りがいいときに、血を抜かれたんだ。そこでさらに酒を飲んだりしたら、一気に酔いが回るぞ」

「いいさ。どうせ後は寝るだけだ。博打の借金あり男と殺人犯、同室になるには最高だ」

必死の思いで告げたのに、ジョエルは真剣に取り合ってくれない。所詮、赤の他人だ。ルカにとっては生死に関わる大問題でも、信じてすらくれないのだろう。

「話ぐらい聞いてやったらどうだ？　あんなに親切

にしていたのに、ずいぶん冷たいんだな」

むっとした様子でアルバートが抗議してくれた。

するとジョエルは、不機嫌そうに言い返す。

「ルカの無実を信じろってか？　男爵夫人は愛人と共謀して旦那を殺した。その罪を、色事には全く無縁の音楽家になすりつけた。あまりにもよく出来たお話じゃないか。そのまま信じるのは無理だな」

「だが、たった数日の付き合いでも分かるだろう？　ルカはそんなこととの出来る男じゃない」

「どうかな……男爵夫人の色香にくらっとなって、実際に男爵を刺したかもしれないぜ」

ジョエルは信じてくれていない。やはり無実を信じてもらおうなんて、甘い考えだったのだ。

「ルカ、気にすることはない。ジョエルは……君が気に入っているから、男爵夫人との関係に嫉妬しているだけだ」

慰められているのだろうが、アルバートの言葉は理解不能だ。会ったばかりの相手に対して、以前の恋愛話で嫉妬するのはおかしい。

「おい、何だよ、その言い方は」

怒ったのかジョエルは、アルバートに詰め寄る。けれどアルバートは、その程度で怯《ひる》むことはなかった。

「素直に認めろ。ジョエルは男が好きなんだろ」

「はっ？」

「隠すことはない。医療検査のときに落ち着きがなかったのは、裸の男だらけで目のやり場に困っていたからだ」

「だったらどうだって言うんだ」

男が好きなくらい、どうということはない。少なくとも殺人犯よりはましだとルカには思える。ルカに対しては優しいのに、アルバートはジョエルに対しては残酷だ。誰だって知られたくないことはある。こんなふうに晒されたら辛いだろう。

「二人とも、もう止めましょう。いきなり変な話を切り出した、僕が悪いんです」

「そうじゃない。悪いのは、気が利かないこの私だ。ジョエルは……君と二人きりでいたかったのだろう。そうなったら、もっと優しく親身になって、話を聞いていた筈だ」

けれどジョエルと二人きりになったら、体の関係を求められるのだ。そういった連中から護ってやると言ってくれたのは、ルカを狙っていたからなのか。

「そりゃ誤解だ。俺はルカに対しては、本当に弟みたいに心配してやってるだけだ。話をちゃんと聞いてやらなかったのは、あまりにも世間知らずで馬鹿だからさ。俺は、女に騙されるやつには同情しない。白い胸元にぐらっとなったんだろ？」

「そうですね。夫人に憧れの気持ちがありました……けれどおかしなことをしようなんて考えたことは、一度もありません。だって相手は男爵夫人ですよ。僕にとって男爵は、初めての援助者で、とても大切な人でしたから」

男爵が人格者で、素晴らしい人だったとは思わない。ルカのことを、いつも馬鹿にしたような冷たい目で見ていたし、音楽という芸術に対してほとんど興味がないようだった。なのにルカの支援者になったのは、夫人の口添えがあったからだろう。

「大切な人って、ただ金を払ってくれたってだけだろ。おまえ、どういう育ち方してるんだ？　貴族じゃないんだろ。なのに頭に花咲かせて生きてきたのか」

「……父は、オペラホールの指揮者でした。僕は生まれたときから体が弱くて、音楽のことしか知らないんです」

ジョエルが苛立つ筈だ。今日までこうして生きてこられただけでも奇跡のようだ。世間知らずのルカに相応しい罠を、男爵夫人は用意してくれたのだろう。

「父が亡くなって……」

そこでルカは、危うく悲鳴を上げそうになった。いつの間にか部屋の中に、黒髪の青白い顔の男がいる。医者であることを思い出さなかったら、幽霊かと思っただろう。

ルカ同様、二人も驚いていた。彼らは戦場で戦ってきた男達だ。狭い室内に誰かが入ってくれば、気づかない筈はない。なのに二人とも、目の前にその男が現れるまで気づかなかったのだ。

「気がつきましたか……軽い貧血でしょう。先に音楽家は医療検査の必要はないと説明しておくべきでしたね」

低くぼそぼそとした声で言われたが、ルカはそこで急に強い寒気に襲われた。医者にはさっさとこの部屋から出て行って欲しい。そうしなければ、体中の熱を奪われるような気がした。

「明日からは、食事のときちゃんと肉を食べるように。ミルクも飲みなさい。ここの牧場のミルクは新鮮です。ロンドンのもののように、泥水が混ぜられているようなことはありませんから」

「は、はい。倒れたりして、ご迷惑お掛けしました」

「いいんです。明日の夜、伯爵があなたの演奏をお聴きになります。体力をつけて、よき演奏が出来ますように」

「あ、ありがとうございます」

医者はそのまま足音も立てずにジョエルに近づく。そしてその肩に手を置くと、顔を近づけて耳元で囁いた。

「ジョエル・デュナン……あなたが今回の応募者の中で、一番健康でした。暴飲暴食を慎み、昼にはよく鍛錬して、その健康を維持してください」

「ど、どうも……」

誰にでも愛想のいいジョエルも、さすがにこの医者は苦手らしい。思わず身を避けながら、引きつった笑顔を見せている。

「血だけで健康状態を調べられるなんて、新しい医療技術でもあるんですか?」

アルバートは臆することなく、質問をぶつけている。

「失格した者はいたんでしょうか?」

「そうですね……二名おりました。明日には本島に帰します。あなたもとても健康でしたよ、アルバート・ジェフリー。ご家族は結核で亡くなっていますね。けれどあなたは感染していません。よかったですね」

ぼそぼそと言われて、アルバートの顔色が変わる。そんなことまで分かってしまうのが、かなり衝撃だったのだろう。

「騎士候補のお二人は、朝食の後は鍛錬です。鍛え上げて、今以上の素晴らしい肉体を作り上げてくださいね……楽しみに、しておりますから」

医者は笑ったのだろうか。口元を隠すと、ジョエルとアルバートを交互に見つめ、そのまま静かに部屋を出て行った。

「何だ、あれは……」

ジョエルの呟きに、応えられる者はいない。皆同じように、あれは何だと思っていたのだから。

ルカを一番奥に寝かせ、アルバートは出入り口の近くのベッドにした。ジョエルは真ん中のベッドで、手足を伸ばして大の字になって寝ている。この様子では、起き上がってルカを犯す心配はなさそうだ。

アルバートはそっとベッドから降り、服を着替え始める。与えられたのは、清潔な新品のシャツと、丈夫そうなズボン、それに革を使ったベストと、分厚い上着だった。

「悪くない……」

軍服のような仕立てで動きやすい。真冬でもこれに外套《がいとう》があれば十分だ。さらに柔らかな室内履きと真新しいブーツも支給されている。靴下は三足もあって、新品で厚手の丈夫なものだった。

食事といい、衣服といい、想像していた以上の厚遇だ。しかもこれで給金まで支払われるというのだから、ここで働きたいと誰もが思うだろう。

しかしどうしてもアルバートには納得出来ない。反乱軍を集めているのでなかったら、何のための人集めなのだろう。こんなに気前よくしているのには、何か目的がある筈だ。

この時代、労働者というのは過酷な環境で働くのが普通だった。農民も船員も、傭兵ですらそうだ。朝から晩まで汗水流して働いても、新しい服など滅多に手に入れられない。食事はいつも堅いパンと薄いスープで、病にでも罹ったら、民間療法の怪しい薬を飲むのがやっとだった。

疲れ切った体を横たえるベッドでは、家族が何人も折り重なるようにして寝ている。いつも誰かが持ち帰るから、ノミやシラミまでもベッドに常駐していた。

いい思いをしているのは、大物貴族とブルジョワだけだ。貴族の中にも、アルバートの生家のように貧しい者もいる。今はまだ貴族の体裁をどうにか保ってはいるが、そのうちに僅かな領地も手放さなければいけなくなるだろう。そうなったら、どうやって家族は生きていくのか。

貧しさや不幸は、この国では特別なことではない。誰もが羨むような生活があるとしたら、それはおいしい食事と、暖かなベッドのある生活だ。

「ここにはそれがある。この実態を知ったら、もっと人が押し寄せそうなものだが」

新しい使用人の募集は、年に何回もあるものではない。この島の実態は知られていなかったが、噂になっていれば、もっと大勢が面接に並んでいただろう。

「それに血を採っただけで、どうして家族の病歴まで分かるんだ？」

あの医者は、血をどうやって調べたのだろう。部屋に戻ったのは、検査からそんなに時間が経っていない頃だ。ジョエルと二人でルカに寝間着を着せ、あの場所から運んできた。ほどなくしてルカが目を覚まし、告白を始めたので聞いてやっていたが、たいした時間は過ぎていなかった。

なのに家族の病歴まで調べられるのは、どんな医術なのだ。

やはり何かおかしい。この島には何か秘密がある。

アルバートはそっと部屋を抜け出し、小さな蠟燭の灯りだけを頼りに内部の探索に出た。今夜は伯爵に会えなかった。ルカは明日の夜に会えるようだが、アルバートとジョエルのような兵士は昼間に会うのだろうか。城内のどこが伯爵の居室なのか、全く見当がつかない。ここは一度外に出て、灯りの見える部屋を探そうと思った。

警備は手薄だ。それはそうだろう。いったい誰が、自分達を厚遇してくれる伯爵の命を狙うというのだ。もしもめ事があるとしたら、ここで働く者同士ということになる。けれどわざわざ皆が寝静まった夜中に、喧嘩《けんか》をするような物好きはいない。

アルバートは蠟燭を消し、細い月の明かりだけを頼りに庭に出る。よく手入れされた庭は、昼間と違って色を失い、すべてが灰色の濃淡だけになっていた。

外から見ても、どこにも灯りは見えない。この島を目指す船が今夜はないからか、灯台の灯りもなくて周囲は微かな月明かりだけの世界だ。森で騒ぐ動物の声や、狩りにいそしむフクロウの羽音も聞こえては来ない。

「全く警戒している様子はないな。海賊や反逆者とは、付き合いがないってことか？」

今回雇い入れた中に、アルバートのように特別な目的を持ってやって来た者はいないのだろうか。そのうちの一人が、伯爵の命を狙うということだって、あり得ないことではないというのに、一人の衛兵の姿もない。

「武器庫はどこだろう？　城の図面などないのだろうか？」

雇われた男達の世話役は、サムが務めている。そして執事とか家令の役目を担っているのが、ゾーイという尊大な男だというのも分かった。

謎なのは医者として雇われている男だ。部屋に入って来たとき、気配を感じさせなかった。普通ならアルバートが気づかない筈はない。それに傭兵として鍛えられたジョエルですら気づかないというのは、どう考えてもおかしかった。

「んっ？」

何かがいた。真っ黒で大きなものだ。獣のようだが、子牛ほどの大きさがあり、目だけが赤く光って見える。

「ウーッ」

低い唸《うな》り声が聞こえる。どうやらこの獣は犬らしいが、こんな大きな犬に出会ったことはアルバートにもなかった。

「まずいな……」

剣を抜いて戦えば、勝つことは出来るだろう。だがそんなことをしたら、夜中にどうして出歩いていたのか疑われる。犯人は自分じゃないと惚《とぼ》ける方法もあるが、今日来たばかりの人間が真っ先に疑われるに決まっていた。

「ここは仲良くしよう。駄目か……」

肉の付いた骨の一本でも持っていれば、犬との交渉もあり得るだろうが、残念なことにアルバートは何一つ持っていない。まさかこんな優秀な衛兵を雇っていたとは、想像もしていなかった。

犬は何を思ったのか、ワォーンと遠吠えを始める。するといつの間にか黒い巨大な獣が二頭、さらに姿を現した。

一頭なら勝ち目はあるが、三頭では無理だ。たとえ生き延びることは出来ても、かなり深手を負うことになる。

「……まいった」

それでも剣を抜いて構えようとしたら、銃を手にした男がいきなり目の前に現れた。

「今日来たやつだな。こんなところで、何をしている」

「あ、その……」

この城では衛兵を何人も置く必要はないようだ。

忠実で大きな犬が三頭、そして銃を手にした男が一人いれば十分ということらしい。

「眠れなくて……」

空々しい言い訳だが、他に言葉が思いつかない。

そのとき、背後から別の声が聞こえてきた。

「すまない。同室のやつに遠慮して、外でやろうって俺が誘ったんだ」

振り返るとそこにはジョエルがいて、無抵抗の印として両手を挙げていた。

「何せ、あの凄いご馳走だろ。しかも風呂まで入って、仕上げには極上のスコッチだ。体がさ、抑えろったって、どうにも抑えられなくてな」

ジョエルはたいして緊張した様子もなく、アルバートに近づいてきてその肩を抱いた。

「分かってくれよ。やる場所を探してただけなんだ。それともこの島では、俺達みたいなのは重罪なのか？　別に他のやつらに手を出すつもりはないさ。二人の問題だから」

銃を構えていた男はジョエルの言葉を信じたのだろうか。警戒を解き、犬達の頭を撫《な》でてやっている。

「外ではやるな。ケツを食い千切られることになるぞ」

男の声は笑っている。ジョエルもいつものように明るい声で応えた。

「ああ、そのほうがいいみたいだな。いい犬だ。地獄の番犬ケルベロスみたいに強そうだ」

「そうさ。こいつらに敵う者はそういない。城から何か盗んで、夜中にこっそり逃げ出そうなんて考えないことだ」

「ええっ、そんなこと思ってもいないよ。ただ、我慢が出来なかっただけさ。船に乗っている間も、こっちに来てからもずっと人目があったから、やれな外ではやるな。煙草は新参者は禁止。酒はもう一日、増やしてくれないかな」

「仕事を邪魔してすまなかった。まだよくこの島のことが分かっていなくて……」

アルバートは男に謝る。目が慣れてくると、男がサムと同じくらいの壮年だというのが分かった。

「そのようだな。あんたら、本土にいたら警察に捕まってるぜ。ここじゃあ、そういうのもお咎め無しだ。伯爵に感謝するんだな」

にやにやと笑いながら、男は煙草を旨そうに吸っている。

「感謝してるよ。それじゃ、やれそうな場所を探しにいくとするか」

アルバートを抱き寄せ、その頬に唇を押し当てながら、ジョエルは男に手を振る。そして宿泊棟のある方向に向けて、アルバートの背を押して進み始めくてね」

「若いってのは、面倒だな」

犬達は男に命じられたのか、またそれぞれの持ち場へと散っていく。男はその場に座り込み、腰に提げた袋から煙草《たばこ》を取り出して吸い始めた。

「おっ、煙草か、いいね。俺にも一口、味わわせてくれ」

「あんたらは、まだ駄目だ。先生に聞かなかったのか?」

「煙草は駄目って、言われたか?」

ジョエルはアルバートに向かって訊ねてくる。そういえば検査のときにそのようなことを言われた記憶があった。

「言われただろ。酒は週に二回支給、煙草は駄目で、入浴は毎日するようにって」

「そうだっけ。まぁ、いいや。これで二つ覚えたぞ。

た。

どれくらい歩いただろうか。男の目が届かない辺りに来ると、アルバートは腰に回されたジョエルの手を邪険に振り払う。

「助けてくれたことには感謝するが……勘違いするな」

「何だよ、照れるなよ」

ジョエルは上機嫌で、またもやアルバートを抱き寄せようとしてきた。

「よせっ、私にその趣味はない。君の狙いはルカだったんじゃないのか？」

「そっちこそ勘違いもいいとこだ。俺の狙いは最初からアルバート、おまえだ」

「冗談だろ？」

「いや、ルカは可愛《かわい》いが、俺の好みじゃない。俺が欲しいのは……強くてお利口なおまえみたいな男さ」

ここは剣を抜いて、相手の非礼に対して抗議すべきだろうか。だがジョエルが急に真顔になって、恐ろしいことを口にし始めたから出来なくなってしまった。

「手伝ってやるよ。おまえ、国王の密偵なんだろ？」

「……」

「カードで借金があるなんて、誤魔化そうとしても無駄さ。最初っから、おまえの目的はこの島と伯爵を調べること、違うか？」

「黙れ……それ以上言うと……」

ジョエルをここで殺さないといけなくなる。さすがにそれはしたくなかった。

「それ以上言うと、剣を抜くか？　いいよ、抜けばいい」

大げさに両手を広げ、ジョエルはダンスを誘うような仕草を見せた。

「おまえみたいに頭の切れるやつが、海軍で出世しない筈はない。なのに海軍を辞めて、こんな島に来るなんておかしいじゃないか」

「借金があるんだ」

「嘘だね。カード好きなやつらは、船の中でもう始めてたぜ」

「二度とやらないと誓った」

必死になって嘘を口にすればするほど、アルバートは自分の言葉に真実味がなくなるのを感じた。借金に追われるほどのカード好きという設定にするのなら、もっと研究するべきだったろう。ジョエルに簡単に見抜かれてしまうほど、アルバートの芝居は下手だったということだ。

「なぁ、城のあちこちを探るのに、俺といれば便利だぜ。やる場所を探してるってのは、いい口実になる。しかもこの島じゃ、そういうことをしていても御法度ってことはないらしい」

「断る。私は、そういう男じゃない」

「じゃあどういう男だ？　色男なのに色恋沙汰には興味がないんだろ。結婚は家のため。持参金さえあれば、愛なんてなくてもいいんだ。違うか？」

言われたとおりなので、反論することは出来なかった。するとジョエルは、さらに早口でアルバートの聞きたくないことを口にする。

「上官に連れられて、娼館には行ったことがあるだろうな。だけどやり方を教わっただけだ。愛することを教えられたわけじゃない」

「くだらんっ！」

足早に歩き出したアルバートだが、すぐジョエルに腕を引かれ、立ち止まるしかなかった。

「おまえに必要なのは、魂を分け合えるような相棒さ。何があってもお互いを助ける、強い絆《きずな》で結ばれた相手が必要なんだ」

「それが君だとでも言うのか！　悪いが他を当たれ。私にはそんな相棒など必要じゃない」

「いいのか、職務を全うしなくても？　俺なら、おまえを助けるために何でもするぜ」

そこでアルバートは、改めてじっとジョエルを見つめた。親切さや人懐っこさばかりが目に付くが、本心は何を考えているのだろう。金を稼ぎたいと言っていたが、ここに来た目的はそれだけではないようだ。女のいない島にわざわざ来るような男達の中から、自分と同じような嗜好《しこう》の者を探すつもりなのではないか。

「助けてどうするんだ。任務が終われば、私は海軍に戻る。君が期待するような、新世界に同行する相手にはなれない。すべてが無駄働きになる」

「そうやってすぐに先を読むところも、俺と同じで気に入ってる。頭の回転が速いよな。どんなに綺麗な男でも、弱いやつと頭が空っぽなやつは無理だ」

どうやら知らないうちに、かなり気に入られてしまったらしい。こんな経験は初めてなので、アルバートはどう対処したらいいのか分からずに困惑していた。

「気に入られてもな。どう応えたらいいのか分からない」

「いいさ、アルバート。おまえが大英帝国のために働いて、海軍将校として復活するのだけが夢だっていうなら、邪魔はしないさ。だがな……この島にいる間だけは、俺の夢になってくれ」

再びアルバートを抱き寄せて、ジョエルは耳元で囁いた。

「俺は戦場でずっと戦ってきたんだ。仲間は俺の目の前で次々と死んでいった。それを見ていて思ったのさ。生き延びた今、自分に正直に、やりたいことをやってやろうってな」

「君のやりたいことは何なんだ」

「夢は……魂を分け合えるような相手と相愛になって、二人で新大陸に渡ることさ。新大陸こそは、まさに夢の大地だ。すべてが新しい。そこで俺達は0《ゼロ》から生き直せる」

「無理だ。そんな夢に応えられる相手なんていないと思うが」

やり直したいという気持ちは分かる。旧世界は疲弊し、互いの利権を巡って国家間の小競り合いはなくならない。平和も幸福も味わえない世界で暮らすより、希望が見い出せる新世界に行きたいと憧れるのだろう。

ジョエルには家族がいないのだろうか。残していく者のことを心配しなくていいというのなら、それだけは羨ましいと思えた。

「なぁ、嘘でもいいさ。ここで何をやらされるのか知らないが、おまえがここにいる間だけでいい。夢の相手でいてくれよ」

そのとき、信じられないものがアルバートの視界を過《よぎ》った。思わずジョエルの腕を摑んだら、了承したと勘違いしたのか、ジョエルはアルバートを抱きしめてキスしてくる。

「ま、待てっ!」

「男相手も悪くないって、教えてやるから……。そんなに怖がるな。思ってたより初《うぶ》で、くらくらしちまうぜ」

再びキスしようとするジョエルの足を、アルバートは思いきり踏んづけた。

「いてっ! おい、何だってんだ。誘ってるのか、嫌がってるのかはっきりしろ」

「後ろだ。城から、飛んでった」

ジョエルの体を城のほうに向けたが、もうアルバートが見たものの姿はなかった。

「あの医者だ。高いあの回廊から、庭先までマントを広げて、蝙蝠みたいに飛び降りていたんだ」

「それで？　それがキスを避けるための口実か？」

「そうじゃない。見たんだ。何かあって、死ぬ気で飛び降りたんじゃないか？」

「はぁ？　今夜の診察で、とんでもない失敗をして、耐えきれずに身を投げたのか。そりゃあ、気の毒だったな。明日には、医者の葬式か」

どう言っても信じてもらえそうにない。アルバートはジョエルの腕を握り、落下したと思われる場所に向かって歩き始めた。

「あの高さから落ちたら、生きていてもかなりの骨折をしてるだろ」

「怪我した医者を、助ける医者が必要だな」

腕を摑まれているだけで、ジョエルは何だか楽しそうだ。けれど背後から聞こえてきた声に、さすがのジョエルも飛び上がるほど驚いていた。

「何をしておいでですか？　庭には犬が放たれていますよ」

二人は同時に振り返り、そこに立っている黒い人影を見て息を吞む。

高い回廊から飛び降りたと思ったが、違っていたのだろうか。医者はどこも痛めたような様子はなく、相変わらず足音も立てずに静かに歩み寄ってくる。

「犬の注意は受けました。今から、戻るところです」

アルバートの声は、いつになく上ずっていた。たいがいのことには恐れないつもりだったが、この医者が醸し出す独特の雰囲気は苦手だ。何とも言いがたい恐怖を感じる。それはジョエルも同じだろう。

アルバートの肩を抱き笑おうとしていたが、その笑顔は引きつっていた。

「すみません、その、いろいろとね、ありまして。二人きりになれる場所がね」

ジョエルの言葉が終わらないうちに、医者はすーっと近づいてきて、細い指先でいきなりジョエルの頬を撫でた。

「いけませんね……あまり体を酷使しないように。あなたの体は……あなただけのものじゃない。力を、無駄に解き放ってはいけませんよ。そんな問題で悩むことがなくなるまで、鍛錬をしなさい。そして……夜は……ぐっすりと眠ることです」

「わ、分かりました。戻ります。寝ますから」

今度はジョエルがぎゅっとアルバートの手を握り、二人は同時に早足でその場を離れた。

宿泊棟の廊下には、一つだけ灯りが灯《とも》されていた。

それを見た瞬間、アルバートは大きく深呼吸する。生きて帰れてほっとした。そんな心境だったのだ。

「変だ、あの男。おかしい、そう思わないか？」

同意を求められたジョエルだが、しばらくは息を整えるのに忙しくて返事もしてくれない。

「恥ずかしいが、正直に告白する。私は、あの医者が怖かった」

「ああ、俺もだ。敵兵に囲まれたときにも、こんな嫌な怖さは感じなかった。あいつ、何なんだ。魔物みたいな嫌な雰囲気してやがる」

灯りの下にたどり着くと、どちらからともなく身を寄せていた。愛だの恋だのという感情からではない。もっとも原始的な感情である恐怖に陥った人間同士が、お互いを護り合うように身を寄せていたのだ。

昨夜、ジョエルとアルバートの間に何があったのだろう。深夜に目を覚ましたルカは、二人がいないことに気がついた。一人で部屋にいるのは怖い。探しに行こうかと悩むうちに、二人がそっと帰って来たのでほっとした。

あえて何も聞かず、寝ているふりをしていた。するとアルバートは、点《つ》けていた蠟燭を消すこともせず横になった。ジョエルもあえて消そうとはしない。そのまま蠟燭は、燃え尽きるまで部屋を明るくしていた。

朝になると、二人は何事もなかったようにルカを伴って食堂に向かう。この島で働く男達が、全員集まっているのかと思えるほど食堂は混んでいて、皆、自由に大鍋から器にスープをよそって食べていた。

「何なのかな。この島、昼と夜では雰囲気が違うと思いませんか？」

思ったままを口にすると、大麦と豆のスープを口に運んでいたアルバートの手が止まった。

「そう思うのに、理由はあるのか？」

「別に……ただ感じただけです。昼間はこんなに牧歌的で美しい島なのに、夜になると何て言ったらいいのかな、ぞっとするような冷たさに支配されているっていうのか……」

クルミ入りのパンはおいしい。紅茶はたっぷり用意されていて、温められたミルクと白砂糖も豊富に添えられている。テーブルに置かれたリンゴは赤く、甘酸っぱいいい匂いをさせていた。

男達は談笑しながら、旺盛な食欲を満たしている。誰が連れてきたのか、毛むくじゃらの小さな犬がいて、男達が床にまき散らすパン屑《くず》の掃除役を買ってて、出ていた。

平和な光景だ。ここには夜に感じる、邪悪な恐ろしさは微塵《みじん》もない。

「先生、音楽家の先生達は、別室での朝食になるんだが」

サムが近づいてきて、さりげなく城の方向を示す。

「まだ先生と言えるほどの腕ではありません、ルカと呼んでください」

「それじゃあ、ルカ。食事を終えたら音楽室に行ってくれ。サムエル先生が、演奏家の先生達の統括指導者だから」

「分かりました。ありがとう……」

一人で音楽家達のところへ行くのは、まだ多少の不安がある。秘密を打ち明けても態度の変わらない、この二人のように鷹揚《おうよう》な人物ばかりとは限らない。

ルカの秘密を嗅ぎ当てて、追い払おうとするような者はいないだろうか。

「仲良しのお二人さんは、ベイゼネック卿《きょう》による騎士修行だ」

「はっ？　鍛錬って、本当に騎士修行なのか？　おい、いつの時代の話だよ。冗談だと思ってたのに、まさか、本気でやらされるとは思ってなかったぜ」

ジョエルが甲高い声で抗議すると、周囲から笑いが起こっている。

「あんたら駆け落ちかい？」

にやにやしながらサムは、ジョエルを見て言う。

「えっ？」

「本土にいられなくなったのかい？　こちらは士官のようだが……そういう関係のせいで隊を追い出されたのかね」

「あ、いや……」

「仲がいいのは結構だが、夜中に二人で外をふらつくのは止めてくれないか。犬には泥棒も、騎士も区別がつかないいんだから」

近くにいた男達は、好奇の目を二人に向けている。そこでやっとルカにも、昨夜二人が急にいなくなった意味が分かった。

どうやらジョエルは、相手にアルバートを選んだらしい。アルバートもそれに応えたということだろう。

二人が好きだったから、自分だけ除《の》け者にされたようで少し寂しかったが、ここはやはり相愛になった二人を祝福するべきだ。たとえ同性であっても、心が通う相手と結ばれるのは素晴らしい。生涯、そんな相手には出会えないと思っているルカにとっては羨ましい限りだった。

「それと、そういう関係のもめ事は禁止だからな。二人で逃げて来たんだから、お互いの気持ちを大切にして、他の仲間に手を出したりしないでくれよ。男同士の修羅場はごめんだ」

さすがにその言葉には、抗議もしたくなるだろう。アルバートが勢いよく立ち上がったが、ジョエルに腕を引かれて座らされていた。

二人の関係はもう公然のものになってしまった。これからはずっと好奇の目で見られることになってしまう。男達の中には、あからさまに嘲笑する者もいた。サムのしたことは残酷だと思っていたら、ジョエルがわざと皆に聞こえるようにはっきりと言った。

「どう思われようといいさ。武術大会とかあるんだろ？　そこで毎回、どっちかが王者になればいい。本物の男がどんなものか、俺達の強さを見せつけてやろうぜ」

皆がどっと笑っている。するとジョエルは笑顔で立ち上がり、舞台役者のように大仰な仕草でさらに続けた。

「武術大会で賭けるときには、ぜひ、俺達をご贔屓《ひいき》に。試合に私情は挟まないから、安心して好きなほうに賭けていい。アルバートは海軍出身、俺はスイスの傭兵出身だ。どっちが強いか、いろいろ予想して楽しんでくれ」

何て剛胆な男だろうと、ルカは感心してしまった。嘲笑されたというのに、それで萎縮することなく、今度は逆に人気取りの材料にしてしまっている。

「あの……僕は、音楽家の人達の居住区に移動したほうがいいですよね？」

遠慮がちにアルバートに訊ねると、即座に答えが返ってきた。

「いや、駄目だ。しばらくは同室でいてくれ」

「いいんですか？　ぼ、僕だって、そんなに子供じゃありません。お二人の関係がどういうものか、考えるぐらいは出来ます」

「しなくていい。安心しろ、君に迷惑は掛けないから」

アルバートは眉間に皺《しわ》を寄せ、怒ったような顔をしている。やはりこんな場で二人の関係を晒されたことを怒っているのだろう。

それにしてもルカが同室のままでいいのだろうか。親切にしてくれた二人に対して、それではあまりにも思いやりがない。音楽家達の様子を見て、もしいい人達だったら即座に部屋を変わろうとルカなりに考えた。

食事が終わると、鞄を抱えて一人で音楽室に向かう。案内もいないので、教えられたとおりに城内を進んだ。

「古い城なんだな」

窓から射し込む朝陽に照らされた城内を歩いて行くと、古い絵画や装飾品が目に留まる。まるで美術館を散策しているかのようだ。

「伯爵は趣味がいい」

回廊に出ると、庭園が見渡せた。優秀な庭師を雇っているのに違いない。高みから見渡す庭園は絵画のようだ。

出来ることなら、ずっとここに隠れていたいが、伯爵に真実を話したらオーストリアの警察に引き渡されてしまうのだろうか。それが一番不安だ。

微かに楽器を調律している音が聞こえてきた。逃亡生活の間は、音楽に触れることは一切なかったから、そんな音でもルカの体は震え出す。

音楽室に入っていくと、そこにいた音楽家が一斉にルカを見て手を止める。

「おや、珍しい。こんな若くて、美しい若者がやってくるとは……」

そう言いたくなる気持ちも分かる。そこにいたのは、すべて年老いた男ばかりだったからだ。

「何か、事情がおありのようですな。そうでもなければ、あなたのような人は貴族の皆様が先を争って雇われるでしょうに」

バイオリンを手にした白髪の老人に言われ、ルイは返事に困って口ごもる。

「いえ、その……」

「まぁ、よろしいですよ。私がサムエルです。あなたは何の楽器を演奏されますか？」

「ピアノとバイオリン、ハープ、チェロとフルートも弾きます。父は、オーストリアの小さなオペラホールの指揮者でした。いずれは父の楽団で奏者になろうと思っていたんですが、父が亡くなって、楽団も解散してしまったんです」

「それはそれは……おかげで私達には、心強い仲間が増えましたな」

父親というより、祖父と呼ぶほうがいいような男達に囲まれ、ルカは自分が彼らを恐れていたことを恥じた。

「後になって、僕が頑張って楽団を継ぐべきだったんだと気づいたのですが、世間知らずの子供だったので何も出来ませんでした」

「無理もありませんよ。演奏家が皆、天使のような人間というわけにはいきません。父上の指示にならい従ったのでしょうが……」

「そうですね。それに無理に継いでも、すぐに解散してしまったでしょうね」

ルカは人付き合いが苦手だ。なのにここでは素直に何でも話せてしまうのは、彼らから世俗の嫌らしさが感じられなかったせいだ。


「伯爵は古い音楽がお好みです。私達の仕事は、お客様がいらしたときに心地よい音楽を演奏することですが、たまに伯爵お一人で演奏を所望されることもあります」

サムエルはよろよろと歩くと、壁際の書棚の引き出しを示した。

「写譜も私達の仕事です。ここには、驚くほど昔の譜面も残っていて、すでに忘れられたような名曲もあるのですよ」

「勉強になります。よ、よかった。ここに来て、本当によかった。僕は……僕は、音楽が大好きで、音楽に関することしか出来ないんです」

感情が高ぶってきて、ルカは思わず泣いてしまった。けれどそれを嘲笑《あざわら》うような者はいない。皆、日だまりにいる猫のように優しかった。

「今夜、伯爵に演奏を聴いていただけると言われたのですが、しばらく何も弾いていなかったので不安です」

出来ることなら、最上の演奏を聴いてもらいたいが、それにはまだ数日が必要になりそうだった。

「伯爵はお忙しいので、約束されてもここに見えるかどうかは分かりません」

「そうなんですか……」

がっかりした反面、ほっとしている。もし今夜会えなければ、無様な演奏を聴かせることだけは回避出来るのだ。

「好きな楽器を手にとって、思い切り楽しんでください」

サムエルはルカの手を引き、楽器の保存場所へと導く。そこには見るからに高価そうな楽器が、奏でてくれる奏者を待っていた。

陽が沈んでも、ルカは音楽室から出て行かなかった。久しぶりに触れた音楽の世界から、帰りたくなかったのだ。

演奏家達がいい人ばかりだったのは嬉しいが、やはり皆が高齢なので不安になってくる。果たして客が来たときに、ちゃんとした演奏で出迎えることが出来るのだろうか。出来るから追い出されないのかもしれないが、練習はいいかげんだ。ほとんどがすぐに居眠りしてしまって、調律だけで一日が終わってしまう者もいた。

彼らが食事も別で、宿舎も別だという意味がよく分かる。ルカがいた宿泊棟での生活は、老人達には相応しくない。自分達のやりたいようにするなら、別に暮らすのが一番だ。

「僕しか若い演奏家がいないんだな」

開いたままの窓からは、星が瞬き始めた空が見える。宿泊棟の食堂では、すでに食事が始まっているだろうが、ルカは蠟燭の灯りだけを頼りに譜面を広げ、バイオリンを弾いていた。

「誰の曲だろう……とても綺麗な旋律……涙を誘うくらいだ」

世に出ることのなかった誰かの名曲を、ルカは奏でる。弾けば弾くほど、どうしてこんな名曲が世に出ないのか、不思議になってきた。

真っ直ぐだった蠟燭の火が、ふわっと揺れた。誰かが部屋に入って来たのだ。こんな時間まで音楽室にいてはいけないと注意されるのだろうか。

「すみませんでした。つい、こんな時間まで……」

久しぶりに楽器に触れて嬉しくて、ついこんな時間まで……」

サムが迎えに来たと思ったので、笑顔で振り向いた。ところがそこにいたのは、ルカが初めて会う男だった。

「構わないよ。好きなだけ演奏していていいが……食事を摂れなくなるのは困ったことだ」

はっきりとよく通る声だ。力強さを感じさせる美声で、オペラの男性主役であるプリモ・ウオーモを思わせる。

そんな美声が出る筈だ。がっしりとした逞しい上半身を持つ、長身の美丈夫だった。

髪は北欧に多い見事な銀髪だ。黒いリボンで項より下の部分を軽く縛っている。髪ばかりに目がいくのは、着ている服がすべて黒いせいかもしれない。上着やズボンだけでなく、シャツまでも真っ黒なものを男は着ていた。

ここにいる他の誰とも違う、特別な威厳を感じる。選ばれた人間、そんなものがいるとしたらまさに彼

だろう。そう思わせる何かが男にはある。

これが伯爵だと、ルカは確信していた。

「どうお呼びすれば？」

遠慮がちにルカが申し出ると、男は大ぶりな口元を吊《つ》り上げて、まさに美の極致といえるような笑いを見せた。

「伯爵と……」

やはり思ったとおりだ。この美丈夫こそが、この城の主、アベル・スタンレー伯爵だった。

伯爵は譜面を示し、小さく頷いてから教えてくれた。

「気に入ったようだが、その曲は二百年前のものだ。作曲者は二十五歳のときに病で亡くなった。才能があったのに、残念ながら残った曲はそれだけだ」

「そうだったんですか……本当に才能を感じます。僕には、こんな美しい旋律は思い浮かばない」

「作曲もするのか？」

「は、はい。もしよろしければ、ここで見ていただければ幸いです」

何という幸運だろう。会ったその日に、直に譜面を見てもらえるのだ。ルカは上気した顔で、急ぎ鞄から譜面を取り出す。

「ある方の口添えで、上演される予定でした。けれど、どうやらそれは僕の勘違いだったようで、このオペラは二度と日の目を見ることはないと思いますが……」

男爵夫人は、ルカの気を惹《ひ》くため誘うような甘い言葉を囁いた。けれど生真面目なルカには、そういった色仕掛けが通用しないと知ると、今度は作り上げたオペラの上演という、最高の栄誉を餌《えさ》としてちらつかせてきたのだ。

「音楽に関して深い造詣をお持ちの伯爵には、陳腐な駄作に思われるかもしれませんが、今の僕にとっては最高の作品なんです」

いつか自分の作品が、父の指揮によって上演される。そんなことを夢見たこともあったが、今となってはすべてが虚《むな》しい。

伯爵は譜面を一瞥《いちべつ》しただけで、すぐに主役のパートを歌い始めた。

「えっ……」

伴奏もないのに、音を全く外していない。舞台に立っているかのような堂々とした歌いっぷりで、ルカは呆然《ぼうぜん》とその美声に聴き入っていた。

「うむ、よい曲だ。だが、出演者が多い。これを男女三人ずつ、六人で演じる短いものに書き直すことは出来るか？」

「は、はい、えっ、ええ、で、出来ますが……」

いきなり言われて頭が混乱してきた。そのせいだけではないだろう。食事も摂らず、一心不乱で音楽に浸っていたせいで、ルカは疲れから軽い目眩を覚えていた。

「体が弱いな、ルカ……」

倒れそうになった体を、伯爵がそっと抱きしめてくれた。その瞬間、ルカは信じられない想いに捕らわれる。

伯爵からは、花で作られた香料のようないい匂いがした。けれどその体は、海水に浸された岩石のように冷たかったのだ。

ずっと戸外にいたのかもしれない。日中は暖かなこの島も、夜になると暖炉が恋しい寒さになる。

そのまま伯爵はルカのことを離さず、じっと目を見つめて話しかけてくる。

「今夜はこれくらいにして、食事を摂って休むといい。書き直しだが、どうしても改変が嫌なら、別の短いものを七日のうちに書き上げるように。音楽好きの客人がやってくる。彼らと歌えるようなものが欲しい」

「伯爵が演じられるのですか?」

「私の静かな生活の中に、愉しみはいくつもあるが、歌うこともそのうちの一つだ。ルカが島民となってくれたことは、とても喜ばしい。共に、音の世界で愉しもう」

優しく囁くと、伯爵はルカをさらに懐深く抱き寄せて、自然な感じで唇を重ねてきた。

「あっ……」

唇を重ねるだけの挨拶のキス、そう思っていたのに違っていた。ルカの体から一瞬で力が抜け、意識を失って夢の中に行ってしまった。

姉と二人、庭に作られたブランコで遊んでいる。側のベンチには父がいて、譜面を見る合間に二人を見て微笑んでいた。もっとも幸せだったあの頃が蘇っている。いつか自分も、父のような音楽家になりたいと思い始めたのもこの頃だ。

楽しい場面はすぐに溶けてしまって、ルカは男爵邸の殺人現場にいた。大切な支援者を失っただけじゃない。ここでルカは、愛する音楽に対する希望まで失ったのだ。

「何も案ずることはない……ここにいれば、私がルカを護る」

目を開くと、すぐ間近に伯爵の顔があった。深い海の色をした瞳が、変わらずにルカを見つめている。ルカはこれまでずっと抱いていた不安が消えていくのを感じた。それと同時に、伯爵に対して抑えようのない思慕の念がつのっていく。

一瞬だ、ほんの僅かの触れ合いだけで、伯爵はルカの魂を奪い取ってしまったのだ。

何か魔法でも使ったのかもしれないが、それでも構わない。こうして伯爵の側にいられるだけで、ルカはこれまで一度も感じたことのない幸福感に包まれていた。

「伯爵……僕は……あなたに、すべてを捧げます」

「では私のために、美しい旋律を生み出してくれ」

「はい、必ず、必ずご満足いただけるようなものを作り上げてみせます」

「そのためにも体を労《いたわ》るんだ。このままでは、名曲を一曲しか世に残せなかった音楽家と同じ運命になる。母上が早くに亡くなったのは、血の弱い家系だからだ。ルカも同じ病に取り憑《つ》かれている」

伯爵の冷たい指先は、ルカのこめかみに触れている。それだけで伯爵には、ルカの健康状態まで分かるのだろうか。

「ゾーイ、今からルカを宿舎に戻す。厨房《ちゅうぼう》に寄って、時間外だがルカに食事をさせるように、料理長に伝えなさい」

そこにゾーイがいたなんて、ルカは全く気づかなかった。伯爵もゾーイに向かって振り返った様子はない。なのに音楽室の入り口に佇《たたず》むゾーイの存在に、伯爵は気づいていた。それとも最初から一緒に来ていて、隅で待たされていたのだろうか。

伯爵がこれからゾーイと過ごすのかと思うと、ルカは不快になってくる。食事も睡眠もいらないから、このままずっと伯爵の側にいて、音楽について語りたい。ゾーイはいったい何を伯爵と語るのだろう。伯爵を喜ばせるようなことを言えるのだろうかと、苛立ちはつのった。

「明日だ……ルカ。明日の夜に、また会おう。そうだな、今度はピアノを弾いてくれ。その腕前を知りたい」

「ピアノですか？」

「そうだ。得意だろう」

「は、はいっ」

　まるでルカの心を読んでいるかのように、伯爵は望むような言葉を返してくれる。明日の夜まで、ルカはまた会えるという希望を胸に過ごすことが出来そうだ。

　譜面を鞄にしまうのも、ついぐずぐずしてしまう。音楽室を去りがたかったのだ。その様子を見ていたゾーイは、明らかに苛立っていた。

　伯爵はそのまま行ってしまう。どこに行くのか気になったが、訊ねることなどルカに出来る筈がない。

「さっさとしろ。何で時間通りに、宿舎に戻らない。食事の時間は決まっているんだ。皆に迷惑を掛けることになるんだぞ」

　これまでと違って、苛立つゾーイに怒られてもルカは何も感じなかった。それより足下がふわふわして、雲の上を歩いているかのようだ。

　頭の中には、伯爵の姿が消えずにまだそこにある。一緒にいたのは僅かな時間だった筈だ。なのに何日も共に過ごしたかのような親密さを感じていた。

「優しく話しかけられたからって、調子に乗るんじゃない。伯爵様は、誰にでも優しいんだ。おまえだけが特別ってわけじゃない」

「……そんなことは、分かっています」

「新しい音楽家が久しぶりに来たから、興味を持っただけさ。どうせ、おまえなんかすぐに飽きられる」

　憎々しげに言うゾーイの言葉を聞いていると、その心の奥にはルカと同じように伯爵への思慕があるのだと感じられた。

　この島の王である伯爵は、誰か一人に特別の寵愛《ちょうあい》を向けたりすることはあるのだろうか。いや、伯爵には奥方がいる筈だ。この島ではなく、本土に家族は住んでいるのだろう。

　伯爵にとって、特別な存在になろうなんて思ってはいけない。あくまでも自分は音楽、伯爵のためによい音を奏でる楽器でいればいいんだとルカは思うことにした。


　ルカが戻らないせいで、ジョエルと二人きりで部屋にいなければならなくなった。昨日までは意識もしなかったのに、今夜は気になってしょうがない。ジョエルが軽く身じろぎするだけで、アルバートは立ち上がり距離を取った。

「何だよ、いきなり襲うとでも思ってるのか？」

「ああ……そうなった場合、私は本気で抵抗するだろう。そうなると君を傷つけてしまう」

「はぁっ？　昼の鍛錬で、俺の実力が分かっただろ。そう簡単に倒せる相手じゃないぞ」

　鍛錬の時間、騎士や騎士候補が数十人いて競い合ったが、ジョエルが一番強そうに思えた。けれどそれは皆に真剣味がないせいだと、アルバートは思っている。

元からいる騎士を名乗るものは、鍛錬に熱意がない。ただだらだらと時間つぶしをしているようにしか思えなかった。

新しく騎士候補になったものは、軍人か傭兵と名乗ったのかもしれないが、武術の基本すら知らないようだ。街中のただのごろつきだったのではないかと、疑いたくなってしまうひどさだった。

どの男達も、見た感じは若く健康的で強そうだ。けれど最強の軍隊を作りたかったら、アルバートなら彼らを雇わない。

面接をしていたゾーイという男には、兵の資質を見抜く能力はないようだ。むしろ職人として雇われた者達のほうが、優れた資質を持っている。それぞれの持ち場で、皆、誠実に働き始めていた。

「分からない。あんな役立たずの兵を集めて、伯爵は何をするつもりなんだ」

思わず出た独り言に、ジョエルはすぐに答える。

「決まってるさ。貴族達の道楽、騎士ごっこに付き合える役者を探してたんだ。イギリスの貴族は、フランスの貴族みたいに乱れた遊びはしないとでも言うのか？　アルバートの家はそうかもしれないが、中にはおかしな遊びをしたがる貴族もいるさ」

「ここがそういう目的の島だというのか？」

「ああ、最初から言ってるだろ。伯爵は男色の趣味があり、ここに客を招いて男達と乱交するのが大好きなんだ。つまり俺達は、雇われた男娼ってことさ」

冗談だと思って聞き流していたが、どうやらその可能性もありそうだ。ここにいる騎士達は、舞台にいる騎士そのものだ。楽しそうに乗馬をし、笑いながら弓矢で的を狙う。剣は木製の練習用だから、当たっても決して大怪我をするようなことはない。

偽物の騎士、まさに騎士ごっこだった。

「だとすると……やはりルカが危ない。迎えに行ってくる」

アルバートが上着を手にして部屋を出ようとすると、ドアの前にジョエルが立ち塞がった。

「興味のないようなふりをしているが、結局はルカが好きなのか？」

「君だって心配だろ？　世間知らずだからな、伯爵のおもちゃにでもされたら可哀想《かわいそう》だ」

「もうガキじゃないんだ。ほっとけよ。そうなったらなったでいいじゃないか。伯爵は音楽家にとっちゃ、いいパトロンだろうさ」

「あんなことのあった後だぞ。二度と同じような失敗はしたくない筈だ」

子供じゃないことは分かっている。何かあっても、それは自己責任だろう。なのにルカのことでムキになっているのは、そうでもしなければジョエルのことを意識してしまうからだ。

「音楽家は爺《じい》さんばかりだって聞いたぜ。孫みたいなものだから、帰すのが惜しいくらい可愛がられてるのさ。俺達といるより、あいつにはそのほうがいいって」

部屋を出ようとするアルバートの腕を握り、ジョエルは言ってくる。

「部屋もあっちに移動したいのかもしれないしな」

そこでジョエルはにやっと笑ったが、アルバートは逆にむっとして怒りをあらわにした。

「騎士になったら、城内で暮らせるらしいな。だったら私は、さっさと騎士になってここを出て行くことにする」

「俺も一緒に行くから心配するな」

「何度言えば分かるんだ。私にその気は……」

そのとき、軽くドアを叩く音がした。急いでアルバートがドアを開くと、そこにはゾーイに連れられたルカが立っていた。

「ちゃんと食事の時間までに戻るように、教育しておけ」

ゾーイはパンと肉料理の皿が乗ったトレイを、アルバートに押しつけるようにしながら怒鳴る。

「少しばかり楽器が弾けるからって、自分は特別だと勘違いするな。おまえのおかげで、この私までこきつかわれて、いい迷惑だ」

乱暴にルカの体を室内に押し込むと、ゾーイは足音も荒く去って行く。

「いったい何があったんだ。大丈夫か？」

小さなテーブルにトレイを置き、その前にルカを座らせる。そして問いただそうとしたが、ルカの表情は虚《うつ》ろで、口から出てくるのはため息ばかりだった。

「おい、伯爵に会ったんだろ？」

ジョエルが乱暴に肩を揺する。そこで初めてルカは、自分が部屋に戻ったことに気がついた。

「あ、す、すいません、ご迷惑お掛けしました」

「ゾーイが怒りまくってたが、食事を忘れるほど、何を夢中になってやってたんだ？」

にやにや笑ってジョエルはルカの頬を突く。

「久しぶりに楽器を手にしたので、時間を忘れて練習していました。そこで……伯爵にお会いしました」

ルカの頬が、伯爵と口にした途端にみるみる赤くなっていった。こんなものを見てしまったら、アルバートでさえ伯爵との関係を疑ってしまう。

「何かされたのか？　嫌なことをされたんじゃないだろうな」

「い、いえ、何もありません。伯爵は、す、素晴らしい方です。おかしなことなんて何も。それより新曲を頼まれました。この島にいらっしゃる客人と演じたいということです。凄いですよね、いきなりですよ。僕の譜面を一度見ただけで、伯爵は一音も外さずに歌えるんです。まるでオペラ歌手のような堂堂とした歌いっぷりで……」

「分かった。分かったから、ともかくこれを食え」

そのままではずっとしゃべり続けていそうだ。ジョエルに促されて、やっとルカは食事を口に運び始める。けれど心はまたどこかに飛んでいってしまったようで、二人を見ることもなかった。

「何かおかしい……」

アルバートはルカの激変ぶりが、どうしても納得出来ない。秘密を抱えてはいたが、ルカは精神的にまともな男だ。それが今は、熱に浮かされた患者のようになっている。

「ほらな、ルカのことになると、本気で心配している。伯爵に取られて悔しいか」

ジョエルに言われて、アルバートは大きく首を横に振った。

「どうしてすぐにそういう考えになるんだ。冷静になって考えてみてくれ。おかしくないか？　会ったばかりなのに、まるで魂を吸い取られたみたいだ」

「それだけ伯爵が魅力的だったってことだろ。ありゃ、典型的な一目惚《ぼ》れ状態だ。別におかしくも何ともないさ」

「そうなのか？」

恋愛経験のないアルバートには、ルカの陥った感情がよく分からない。恋とは人間を激変させてしまうほどの力があるものなのだろうか。それよりもアルバートは、島民の多くが伯爵を敬愛している様子からも、何か人心の操作をしているのではないかと疑ってしまう。

貴族ともあろうものが、呪術師のような真似《まね》をするだろうか。この科学の時代に、それはないだろう。だとしたら考えられるのは薬物だ。武力での反乱が難しいと判断した伯爵は、何かの薬物で人心を支配する方法を研究しているのかもしれない。

「情けない色男だな。一目惚れの経験もなしって」

呆れているだけのジョエルに、アルバートは腹が立つ。この激変ぶりはやはり異常だ。もし島民全員にこの薬物が与えられるとしたら、いずれはアルバートも同じような精神状態になってしまうのだろう。そうなったら、国王の内偵としての役目も果たせなくなる。

まずはルカを寝かしつけることだ。その後で城内を調べ、武器庫や研究室の存在を確認したかった。

ルカの世話をしている間中、ジョエルはふて腐れたようにベッドに横たわり、じっとアルバートを見つめている。誤解されているようだが、ルカに対して特別な感情はない。あるのはただ弟に対する優しさのようなものだけだ。

貴族が傲慢なのは、アルバートもよく知っている。身分が下の者に対して、理不尽なことを平気でするのが貴族だ。ルカはそんな貴族にいいように翻弄されている。可哀想に思えて、優しくしてしまうのだ。

着替えさせ、ベッドに寝かしつけると、すぐにルカは目を閉じ、寝息を立て始めた。

「やはり薬かもしれない」

人心を破滅に導く阿片《アヘン》のことは、アルバートもよく知っている。それに似た何かを伯爵は手に入れたのではないかと思えてきて、もうじっとしていられなかった。アルバートは剣を提げて部屋を出て行こうとするが、再びジョエルに阻まれた。

「邪魔するな」

苛立ち、強引に遠ざけようとすると、ジョエルは力で対抗してきた。こうなるとさすがに厄介だ。ジョエルがアルバートより強いことは確かなのだから。

「いいか、ルカが別室になったら、夜に部屋を抜け出す口実がなくなる。今ならまだ疑われる心配はないんだ。邪魔しないでくれ」

「武器庫でも探しに行くのか？　無駄だと思うね。伯爵はただの色狂いさ」

「そうか、だったらもう調べる必要はないな。私は、明日にでもこの島を出ることにするよ」

「えっ、いや、待ってくれ。色狂いと見せかけて、実は大量に兵器を保管しているかもしれないな。ここはじっくりと時間を掛けて調べたほうがいい」

言うことがくるくる変わる。その調子のよさに、アルバートが苦笑いを浮かべると、ジョエルは大きな口を開けて笑った。

「もう少し、お互いのことを知るまで、側にいてくれよ。もしかしたらおまえが思ってるよりも、俺はいい男かもしれないだろ？」

「そうだな。だったら助けてくれ。もしかしたらおかしな研究所とかあるかもしれない。あの医者に、何か作らせてるとか……」

そこでアルバートは、確かに飛び降りた筈なのに、怪我一つなかった医者のことを思い出し、ぞっとして体を震わせた。

「強力な惚れ薬とかかな？」

「そんなものかもしれない。そうでなければ……変だ」

アルバートはベッドに視線を向ける。ルカはもう熟睡していた。

「分かった。海軍じゃ、城の構造とか詳しくないだろ。傭兵ってのはな、場合によっては盗賊に変身する。そのせいで建物に関しては詳しいんだ」

ここは素直にジョエルに頼ることにした。もし見つかっても、昨夜と同じ言い訳が二人なら出来るし、やはりアルバートも一人で行動するのは、内心不安だったのだ。


夜の城内は静まりかえっている。そんな中、あの医者が赤毛の男を伴って歩いていくのを見かけた二人は、慌てて柱の陰に身を隠した。

日中、騎士と紹介された男のうちの一人だ。鍛錬といってもほとんど体を動かさず、たいして上手くもない弓矢でずっと遊んでいた。何があったのだろう、男は消沈した様子で、引きずられるようにして医者と歩いて行く。

「鍛錬を怠るから体がぐずぐずだ。もうおまえに用はない。次の船で帰るがいい」

医者は高圧的な口調で男を叱《しか》っている。

「許してください。明日からは、真面目に鍛錬に取り組みます。どうか、追い出さないで」

「一週間だ。客人が来るまでに体を戻せなかったら、追い出されると覚悟しておけ」

「は、はい……」

医者はそこに二人が隠れているのを知っているかのように、にやっと笑って柱に目を向ける。そして男を連れて、そのまま歩き去った。

「あいつ、戻ってくるかな」

ジョエルは不愉快そうにしながら、医者の消えた先を見つめている。

「どうやら私達が隠れていたことに、気づいていたみたいだ」

「いいさ、見られたら、派手にキスしようぜ。やる場所がなくて、今夜は城内で探しておりますって」

「その作戦は、まだ通用するんだろうか」

ジョエルが先導して、二人はそのまま下の階へと降りていく。

「城は尖塔まで、五階構造になってる。恐らく最上階が伯爵の部屋だ。次の階には、客人用の部屋、その下が使用人の居住区。普通の貴族の城なら逆だ。使用人が屋根裏に住んでるもんだが」

ジョエルの観察力には驚いた。いったいいつの間に、そんな情報を仕入れたのだろう。

「どこで仕入れた情報だ？」

「厨房さ。おまえがルカを待って、苛々しながら出入り口を睨んでいる隙に、ちょっとワインをもらいにいったついでにな」

傭兵が泥棒に変身するというのも、これでよく分かった。ジョエルは泥棒になっても、さぞや優秀なのだろう。

「ここには女の使用人がいないからな。夜這いするやつの心配はしなくていい。だからなのかは知らないが、料理人や従者は宿泊棟にいる。城にいるのは数名の騎士と音楽家達、それにゾーイと医者だけだ」

「そうらしいな……」

「音楽家は爺さんばかり、騎士は若者ばかりだが、実戦の経験はほとんどない。使える衛兵は、庭にいる犬番の男だけだ」

「素晴らしい。ジョエルが盗賊なら、簡単にこの城の宝は盗める」

そこまで警戒心がないのは、ここが孤島だからだろう。船がなければ、どこにも逃げられない。しかも小型のボート程度で逃げ出しても、荒れた海ではひとたまりもない。無事に本土まで逃げ帰るのは不可能だ。

「武器庫なら地下だ。牢獄《ろうごく》があるのもその辺りだろう」

「牢獄か……この島にも罪人はいるんだろうか？」

ここで公正な裁判が行われるようなことはないと思えた。もし罪を犯した者がいたら、伯爵はどうするのか。島から追放して、すべてを終わりにするのか、それとももっと残虐な刑を下すのか。

下に行けば行くほど、冷気が強く感じられる。海風が入り込むせいか、湿気《しけ》た嫌な臭いがこもっていないのは救いだった。

「気をつけろ。風が入ってくる。蠟燭の火が消えるといけない」

ジョエルが注意した途端に、アルバートの手にした蠟燭が消えてしまった。

「こんなに風が強いんなら、ランプが必要だな」

真っ暗な中、アルバートは上着のポケットにある火打ち石を探る。

「待ってろ、今、火を点けるから」

そう言ったか言わないうちに、アルバートの眼前にすっと蠟燭の火が差し出される。

「用意がいいな、ジョエル」

自分の手にした蠟燭に火を点けようとした瞬間、アルバートはジョエルが背後にいた筈だと思い出した。

「えっ……」

蘇った蠟燭の灯りが真っ先に照らし出したのは、銀髪の威厳ある男の顔だった。

「あっ……」

アルバートの全身が凍り付く。

これが伯爵だと、なぜか一瞬で分かったのだ。

「噂の恋人同士か……探検ごっこは楽しいかね？」

「い、いいえ、あの……」

もっと年寄りなのかと思っていたが、初めて見る伯爵は、アルバートとたいして歳も変わらない、若若しい青年に見えた。けれど年齢に相応しくない、特別な威圧感がある。

「ルカ・ミナルディは才能ある音楽家だ。作曲に専念出来るよう、明日からは城に個室を与えて保護しよう。だから安心したまえ。あの可憐な美しさゆえに、愚かな男達に狙われる心配はない」

ルカのことなど何も言っていない。ただここにいる口実として、またルカのことを持ち出そうと考えていただけだ。それなのにいきなり切り出されて、アルバートは言葉を失う。

「海風は気持ちがいいが、金属には大敵なんだ。錆《さび》を呼ぶからね。だから私の武器庫は、地下の岩場を掘って作ってある。換気が出来ないから、長時間はいられないいんだが、昔からの逸品が数多くある。見せてあげよう」

なぜ伯爵は、こうもアルバートの考えを読み取ってしまうのだ。武器庫とちらっと考えただけで、自ら案内してくれると言うではないか。

いつもは饒舌《じょうぜつ》なジョエルなのに、伯爵の前では黙り込んでいる。そのままさらに、地獄へと続くかと思われる階段を、伯爵に伴われて二人は下りていった。

「さぁ、どうぞ。墓のようにひんやりしているが、中にあるのは人間の遺体ではない。役目を終えた武器の墓場だ」

伯爵は次々と燭台《しょくだい》の蠟燭に火を灯していく。すると窓一つない、深紅の厚い布で壁一面を覆われた、不思議な部屋が浮かび上がった。

「朽ちることのないように、時々手入れをしている。これはローマ時代のものだ。さらにこちらの黄金のナイフは、エジプトのファラオのものだよ」

何気なく説明しているが、恐らくジョエルにはそれがどれだけ古い物なのか、よく分かっていないだろう。

「エクスカリバーは？」

ジョエルがとんでもない質問をしているので、アルバートは慌てて説明しようと思ったが、伯爵がすぐに答えてしまった。

「あれは伝説だ。アーサー王は実在しない。イギリスは元々、野蛮人の島だった。海賊と盗賊が、今の王族の先祖だ」

「では、あなたはどこからいらしたんです？」

アルバートにもやっとまともな質問が出来た。すると伯爵は、比較的新しい剣を手にして、アルバートを見つめる。

「私の先祖は……北の海からやってきたんだ」

手にした剣を、伯爵はアルバートに差し出す。そして持つように促した。受け取ったアルバートは、その重さに驚く。

「それはヴァイキングの使った剣だ。彼らは現代のヨーロッパ人に比べ、ずっと立派な体軀《たいく》をしていた。

この剣で、船ですら破壊したくらいだ」

こんな重い剣ではとても戦えないとアルバートは思ったが、再びそれを手にした伯爵は軽々と振り回してみせる。

「これは斬るのではない。叩き潰すための剣だ。フランスのお上品な細身の剣など、簡単に叩き折ることが出来る」

伯爵はその剣を元に戻すと、今度はアルバートの見たことのない剣を取り出した。

「これは東洋の小国、倭《わ》の国の剣だ。驚くことにこの細さで、強靭なうえに切れ味が特別いい」

刀身の美しさに、アルバートは引き込まれていた。実は以前から、剣に興味があったのだ。自身も剣の使い手だが、これからの時代の戦いは銃が中心になる。もはや剣は時代遅れになりつつあると思うと、少し寂しい。

「銃は卑怯《ひきょう》者の武器だ。だが、使わざるをえない。なぜなら騎士どころか、まともな兵が戦場にはいなくなったからだ」

そこで伯爵は、じっとジョエルを見つめていた。何を考えているのか、ジョエルはまた黙り込んでいる。

「あまりにも戦いが拡大して、まともな兵を育てている暇がない。剣の腕を磨くには時間が掛かるが、銃なら引き金さえ引ければ、誰でもどうにかなる」

「そういえばここには銃がありませんね」

弓はあるが銃はない。どうやら伯爵は、銃に対しては敬意を払っていないらしい。

「銃には興味がない。ジェフリー卿、愚かな試みだと分かっているが、私はこの島で古《いにしえ》の騎士を復活させようとしている」

「そのための鍛錬を受けましたが」

「くだらないと思うか？　騎士道精神はまだ僅かに残ってはいるが、騎士は死に絶えた。今のイギリスにいるのは、紳士という名の浮ついた男達ばかりだ」

とうに騎士は死に絶えた。甲冑を身にまとい、王への忠誠を胸に戦場に駆けつける勇者はいない。その代わりに、名誉を重んじる軍人がいる。イギリス海軍は世界最強だと、アルバートには自負心があった。

「金さえあれば、誰でも紳士のふりは出来る。崇高な精神など持たなくてもな」

そこで伯爵は最新式の剣を取り、アルバートに向かって構えた。

「練習用のまがい物ではないが、どうだ、一手お相手願おうか」

「喜んで」

アルバートは自分の剣を抜き構える。すぐに伯爵は打ちかかってきた。剣の腕前には自信がある。力ではジョエルに敵わないが、剣での勝負だったら彼にも勝てるだろう。海軍でもアルバート以上の腕のある者はそういない。

相手はオペラごっこや騎士ごっこで遊んでばかりいる貴族だ。楽に戦えると思っていたら甘かった。伯爵の剣は実に巧みで、何度も体に傷を付けられる状態にまで追い込まれた。もっと未熟な相手だったら、アルバートは傷だらけになっていただろう。そうならなかったのは、伯爵が決してアルバートの体に剣を当てなかったからだ。

負けるのは屈辱だったが、勝てる相手でないことはすぐに分かった。アルバートが息を荒げているのに、伯爵は踊るような軽快な動きを続けている。さらにアルバートの考えが読めるかのように、先手、先手で攻めてくるのだ。

「うむ、いい腕だ。海軍は君の処遇に困っているようだが、残念なことだ。実力ではなく、出自が出世の妨げになっているとはな」

伯爵はすっと身を離し、剣を置いて何事もなかったかのように言ってきた。

アルバートは息を整えるのがやっとだ。伯爵との激しい打ち合いで、腕は痺《しび》れたようになっている。だがそんな状態でも、どうして伯爵がそんなことまで知っているのかと疑問に思った。

「銃や弾薬は、城にはない。猟番のトマスが管理している、狩猟小屋にあるだけだ。ここでは銃での狩りは認めていないんだ。弓矢を使ってなら、島内にいるウサギや海鳥を、好きなだけ捕っていい。ただし獲物は、料理長に進呈してくれ」

武器庫から出るように、伯爵は促す。アルバートは内心、もう少し手合わせしたかったと思っていたが、そこでジョエルと目が合って、やっと我に返った。

二人を見比べ、伯爵は微笑みながら頷いた。

「安心しろ、ジョエル・デュナン。君の恋人を奪うつもりはない」

「え、あ、いや、そんなことは思ってません」

蠟燭を手にして階段を先に上りながら、伯爵はジョエルに向かって話しかける。

「ティムは気の毒だったな。だが、彼を撃った兵を責めてはいけない。悪いのは、すべて王族だ。王への忠義もない傭兵同士を、金に飽かせて戦わせる、王族が一番非難されるべきだ」

ジョエルの足がそこで止まった。その体が小刻みに震えているのを見て、アルバートは肩をそっと抱いてやった。

「どうして……それを……」

「心の傷をふさげ。君は、この島で一番の優れた肉体保持者だ。気分を沈ませて、体まで病んではいけない。生来の明るさを取り戻すがいい」

「何で……知ってるんだ」

ジョエルが歩けずにいるうちに、伯爵はさっさと先に行ってしまい、いつの間にかその姿は消えてしまった。まだ震えているジョエルの背中を優しくさすってやりながら、アルバートは伯爵から離れてほっとしているのを感じる。

「危なかった。ルカと同じように、伯爵に魂を吸い取られるところだったな」

笑って言ったが、ジョエルからいつものような軽口は返ってこない。

「あれは魔物だ。人の心を読む、魔物なんだ」

吐き捨てるようにジョエルは言う。反論するつもりはアルバートにもない。確かに何も話していないのに、いきなり個人的なことを言われたのは、心を読まれていたからと思える。

「ティムのことは、これまで誰にも話したことがない。なのに、あいつは……知っていた。どうして知ってるんだ？ 心を読んだんだろ」

「落ち着け、ジョエル」

こんな取り乱したジョエルを見るのは初めてだったから、アルバートは狼狽《うろた》えてしまい、自分のことを言い当てられたことに驚く余裕などなくしていた。

「どうやらこの島は、夜出歩くのには相応しくないらしい」

ジョエルを抱きかかえるようにして、どうにか一階までたどり着いた。伯爵はどこに消えたのか、もう城内には何の物音もしない。

昨日より少し太った月が、回廊に続く出入り口から顔を出している。それでもこの月明かりでは、蠟

燭の灯りがなければ足下がおぼつかない。

「忘れようとしてたんだ。もう戦争には二度と行かない。俺は、俺は……新大陸に行って、何もかも忘れて生き直そうとしてたのに、あいつ……思い出させやがって」

「私に付き合わせたせいで、不愉快な思いをさせてしまってすまない。忘れろ。もう何も考えるな」

ジョエルは小さく首を振ると、その場に立ち止まってしまった。帰ろうと促したが、動く様子はない。

「話してすっきりするなら、話してもいいんだぞ」

「あぁ、聞いてくれ。ティムは同じ村出身の幼なじみで、俺が最初にいい仲になった男だ。俺達の村じゃ、長男以外はみんな傭兵になる。二つ年上のティムは、俺より少し先に傭兵になって村を出て行った」

農民だけではない。貴族だって次男、三男ともなると軍人になる者が多かった。若くて健康で強い男達には、戦場という活躍の場が約束されていたのだ。

「十年だ。十五歳で傭兵になって十年、どこの部隊でもティムに会うことがなかったから、もう死んだと思ってた……それが……会えたんだ」

顔を覆い、ジョエルは苦しそうに告白する。

「会えたんだよ、戦場で。だけど……ティムがいたのは敵軍だった」

同じ村出身なら味方になる筈だが、傭兵となるとそうはいかない。まるで銃の売買をするように、傭兵は敵味方関係なく取引されるのだ。

「あいつ、十年経っても、全然変わってなくて、馬鹿なままだった。俺を見つけて何て言ったと思う？　よう、ジョエル、元気かって、昨日別れたばかりみたいに、気軽に挨拶してきやがった」

もし戦争がなかったら、ジョエルは故郷の村で気のいい幼なじみと共に、仲良く平和に暮らしていたのだろう。けれど自分の土地を持ちたいとか、もっと豊かに暮らしたいという欲が、彼らを危険な戦場に向かわせるのだ。

「仲間の兵が、そんなティムを撃った。そりゃそうだよな。銃を手にした敵兵が、俺に向かって笑いながら何か言ってる。助けなきゃって、思っただろうさ」

十年ぶりに会った幼なじみは、ジョエルの眼前で撃ち殺されたのだ。けれどジョエルに何が出来ただろう。再会を喜んでいるうちに、自分が撃たれたかもしれないのだ。

「話すのも辛かっただろう……」

何度もジョエルの肩を優しく叩いた。そうしているうちに、やっとジョエルは歩き出す。

「ティムとのことはいい思い出だったのに、今となっちゃ最悪な思い出さ。俺に出来ることっていったら、何もかも忘れてやり直すだけだ。そうだろ？なのにやつは……俺の心の底を漁《あさ》って、わざわざ嫌な思い出を引っ張り上げやがったんだ」

アルバートやルカには、興味のあるようなことを話して関心を惹き、好感を抱かせた。なのにジョエルに対して、伯爵はなぜ残酷な仕打ちに出たのだろう。それもまた謎だ。

「あいつは魔物だ。そう思わないか？」

そこでジョエルはアルバートの肩を掴み、睨み付けるようにして言ってくる。

「もう少しでおまえの魂もやつに奪われるところだったんだぞ。伯爵は剣の腕も最強で、歌えばオペラ歌手並だ。金持ちで気前がよくて、誰もが伯爵を慕ってる。だけど、それはあいつの本当の姿なのか？」

「落ち着け、ジョエル。ここでは何もかも伯爵に筒抜けだ。下手なことは言わないほうがいい」

「口で言わなくても、心で思えば同じことじゃないか」

「そうだな」

　ではもうすでに、アルバートの秘密もばれたということだろうか。ばれているだろう。そうでなければわざわざ武器庫を見せたり、弾薬庫の話などしない筈だ。

「どうやら、私の立場はかなりまずいことになったみたいだ」

「軍に戻って報告するか？　伯爵は人の心が読めるようですって。誰が信じる？　あの不気味さは、やつを目の前で見た人間にしか分からないだろうな」

「不気味か？　なぜだろう、考えていたことを読まれたのに、私にはそうとは感じられなかった」

「ルカと同じだ。気に入られたのさ。伯爵は貴族や、芸術の才能のある者を贔屓するらしい。俺はただの傭兵だからな」

　伯爵がそんな差別をするようには思えなかった。もしかしたら伯爵は、皆には明るく見えるジョエルの中に、深い悲しみがあるのを知って、あえて気に入られるようなことは口にしなかったのではないだろうか。

「この島のやつらは、みんな伯爵に夢中だ。アルバートもそうなるのか」

　悲しげに言われて、アルバートは微笑む。

「安心しろ。伯爵はまだ私に魔法を掛けていない。魂はしっかり残ってる」

「だといいけどな。俺は駄目だ、かなり嫌われたらしい、徹底的にやられちまった。心が冷たくなっちまって、震えが止まらない」

「らしくないぞ。元気だせ」

　ジョエルの体に腕を回し、いかにも恋人同士のように寄り添って宿舎に戻った。すっかり元気のなくなったジョエルは、ベッドに横たわってもまだ震えている。

伯爵がジョエルに掛けた言葉は短かったが、その中に魂を震え上がらせるような魔力が込められてでもいたのだろうか。

「なぁ、ジョエル。考え方を変えるといい。無理に忘れようとしなくていいんだ。彼のことは残念だけど、その分、君が幸せになればいい」

陳腐な慰めだと思うが、そんなことでも言わなければジョエルを救えない。

「怖がるな。君はここを出て、新大陸に行くんだ。そこでは新しい生活が待ってる」

さらに慰めるために、アルバートはジョエルのベッドに入り、その逞しい体を抱きしめてやった。

「本当にすまなかった……」

「いいさ、一つ分かったから」

何が分かったというのだろうか。小さな窓から入り込む微かな月明かりだけでは、ジョエルの表情を読み取ることも出来ない。顔を近づけてよく見ようとしたら、そのまま顔を引き寄せられてキスになってしまった。

「な、何だ、せっかく慰めてやろうとしてるのに」

ジョエルの顔を遠ざけ、アルバートは狼狽えた姿を見られまいとしたが遅かった。

「いつもみたいに怒らないんだな」

「ああ、そうだ。とても優しい気持ちになってたんだ」

「分かったんだよ、アルバートは傷ついた者には優しい。俺は強いところばかり見せようとしたから失敗した」

自分より弱い者には優しくする。そう教えられて

「乳母だ。優しい乳母だったが、もう亡くなった」

怖い夢を見て目覚めると、必ず乳母を呼んだ。するとどんな真夜中でも彼女は飛んできて、アルバートを胸に抱いて優しく言ってくれたのだ。

「もう大丈夫……何も怖くない。悪い夢は、みんな食べてしまったから……」

そうして乳母は、アルバートが再び眠るまで、髪を撫でてくれた。同じようにしていたら、いつの間にかジョエルも寝息を立てている。

「悪い夢は……みんな食べてしまったから」

お呪《まじな》いの言葉は効いたようだ。忘れていた穏やかな眠りを手に入れたアルバートは、ジョエルを抱いたまま朝までぐっすり眠ってしまった。


きたせいなのか、確かにアルバートは弱っている人間を見ると放っておけなくなる。

「おまえに抱きしめられていると幸せだ。ほっとする。なぁ、何もしないって約束するから、今夜はそうやってずっと抱きしめていてくれよ」

「子供みたいに？」

「そうさ……ティムを忘れなくていいと言ってくれただろう。ティムとは、よく積み上げた牧草の上で抱き合って眠った。あの日の、幸せな気持ちを忘れたくない」

体よく騙されたような気がしなくもないが、アルバートはジョエルの頭を抱き、自分の胸元に引き寄せた。

「こうしていると、安心して眠れる。心臓の音が聞こえるからだそうだ」

「誰に教わった？」

朝からいいものを見た。ジョエルとアルバートが抱き合って眠っている。しかも二人の寝顔は、満ち足りていて幸福そうだった。

ルカは二人を起こさないようにそっとベッドを抜け出し、一人で朝の散歩に出る。

気分はすっきりしていて、これまでずっと忘れていた幸福感に包まれていた。しかも頭はさえていて、伯爵に依頼されたオペレッタの旋律が、次々と湧き上がってくる。

靴を脱ぎ、朝露に濡れた芝生の上を素足で歩いた。子供の頃はいつも感じていた、幸せな気分にまた浸っている。世界は希望に溢れていて、この先にはいいことばかりあるような気がしていた。

大きな犬が三頭いる。真っ黒な毛は短く、長い足の太さはルカとたいして違わないようだ。

「おはよう。もうご飯は貰った？」

恐れることなくルカは近づいていく。犬達も警戒する様子はなく、ルカが手を出すとすぐに舐《な》めてくる。

「見かけによらず、恐れを知らないようだ」

声に振り向くと、銃を手にした大柄な男が、目を細めてルカを見ていた。

「伯爵に会ったのか？」

「はい、昨夜」

「どうりでな。花の匂いが移ったんだろう」

その言葉でルカは伯爵に抱きしめられた場面を思い出し、頬を染めていた。犬達は優れた嗅覚で、ルカの体に僅かに染みついた伯爵の匂いを嗅ぎつけ、警戒心を持たなかったのだ。

「狩りに行かれるのですか？」

赤くなったことを知られたくないから、つい余計なことを口にする。男はそれで気分を害した様子もなく、立ったままで煙草を取り出し火を点けた。

「俺は番兵だ。ボートを盗んで、島から出て行こうとするやつを見張ってる」

「こんなにいいところなのに、そんな人もいるんですね」

「そうだな……だが俺が見張ってるのは、ボートを盗まれるからじゃない。ボート程度で海に漕《こ》ぎ出しても、すぐに転覆して命を失うからだ」

ルカはそこで遠くにある水平線に目を向ける。波一つない、紺碧《こんぺき》の海がずっと彼方《かなた》まで続いていた。海は荒れているようには見えないが、人間に対しては優しくないのだろうか。

「いい景色です。伯爵も朝の散歩を楽しまれますか？」

もし伯爵が散歩に出るなら、ここでずっと待っていてもいいと思った。だが番兵の男は、眉に皺を寄せて不機嫌そうな顔になっていた。

「いらっしゃるなら、待っていようかなと……」

来たばかりなのに、伯爵と親しくしようとするのは図々しいと思われたかもしれない。だが伯爵に、今すぐにでも会いたいのだ。

「待っていても無駄だ。伯爵は夜しか出歩かない……」

早口の小声で言うと、男は口笛を吹いて犬達を集め、そのまま農場へと続く道に向かって歩き去ってしまった。

「そうか……こんなにいい景色なのに、伯爵は散歩しないのか」

自分でも意識していなかったが、出会えるのを期待して庭に出てきたのかもしれない。ルカはがっかりしながらも靴を履き始める。

音楽室に行って、今、頭の中で渦巻いている旋律を、早速譜面に書き写そうと思った。

「私はおまえの従者じゃないっ！」

いきなり怒声が聞こえて顔を上げると、ゾーイが荒々しく芝を踏みしめて近づいてくる。あまり寝ていないのか、顔色は悪く目の下には黒々とした隈《くま》が出来ていた。

「部屋に戻って、さっさと荷物をまとめろ。今日からは、生意気に城の住人だっ！」

「僕は別に今のままでも……」

いや、よくはない。今朝の二人の様子を見たではないか。ルカがいたら、二人は思うままに抱き合うことも出来ないのだ。

「恋人達はおまえが邪魔だと思ってるさ。いなくなって清々するだろう。しかし料理長の言うことを聞いて、おまえなんかを連れて来るんじゃなかった。この島には、若い音楽家なんて必要ない。いつものように、どこの楽団でも雇わないような、年寄りを連れて来ればよかったんだ」

城に向かって歩き始めると、ゾーイは矢継ぎ早に文句を口にする。どうやらルカは、完全にゾーイには嫌われているらしい。

「何でおまえだけ特別なんだ。個室まで与えて、さらに欲しがるものは何でも用意しろだなんて。伯爵様は、貧乏音楽家のおまえを哀れんでいるだけだ。どうせすぐに見向きもされなくなる」

何か言い返したくても言葉は出てこなかった。哀れまれているのは本当だろう。それでもいいのだ。ただ伯爵を喜ばせるものが作れればいい。

部屋にはもう二人の姿はなかった。ゾーイが寄ったことで、起こされてしまったのだろう。平和な眠りを妨げられて、さぞやジョエルは怒っているだろうなと思いつつ、僅かばかりの荷物をまとめる。譜面の入った鞄、姉が名前を刺繍《ししゅう》してくれたハンカチ、父から贈られた僅かばかりの現金、それだけが今のルカのすべてだった。

「食事も部屋まで運べということだった。まるで客人並の扱いだな。しかしおまえにそんな才能があるとは思えない。その譜面も……本当は盗んだものなんだろう？」

「そんなことはありません。その証拠に、僕はすぐにでも新作を書き上げてみせます」

そこまで言われるとは思わなかった。さすがに盗作とは言い過ぎだろう。伯爵ほどの男が、どうしてこんなひねくれた男を重用しているのか分からない。それとも伯爵の前では、忠実ないい部下なのだろうか。


音楽室に近い部屋に案内されると、嫌われた意味が理解出来た。ゾーイがどんな部屋を与えられているか知らないが、ここより豪華ということはないだろう。

分厚い異国の絨毯が敷き詰められた部屋の中央には、ピアノが置かれている。貴婦人達のサロンのようにクッションの置かれた長椅子があり、小机には花が飾られていた。続き部屋が寝室になっていて、そこには古いが天蓋のある見事な細工のベッドが置かれている。

「ここが……僕の部屋ですか？」

「ああ、そうだ。ピアノ、譜面用の紙とインクにペン、世話係の小間使いまで付いている、これが音楽家の先生専用の部屋だ」

「伯爵にお礼を言いたいです。いつ頃、お目覚めになりますか？」

こんな厚遇をされて、感謝を伝えないわけにはいかない。そう思ったのに、ゾーイは答えず嘲笑を浮かべただけだった。

「自分のやるべきことだけやっていればいい。紙は貴重だ。粗末にするな」

憎々しげに言うと、ゾーイは部屋から出て行ってしまう。入れ違いに老人が朝食のトレイを部屋に運んできた。その老人には昨日から世話になっている。音楽家達の世話をするのが、彼の仕事だった。

「あちらの先生達は、粥《かゆ》が好きですけどね。先生はまだ歯があるでしょうから、噛《か》み応えのあるものにしましたよ」

老人は笑いながら、トーストにゆで卵、ソーセージの乗った皿をテーブルに置く。

「ありがとうございます。あの、伯爵にお礼を言いたいのだけれど、午前中はお休みですか？」

労働者と違って、貴族は夜遅くまで起きていることが多い。何しろ主だった社交の場は夜だから、朝はゆっくり寝ているのだ。そんな社交の場などないこの島でも、伯爵は貴族らしく生活しているのだろうか。

「伯爵様は、夜にならないと部屋から出てまいりません」

「そうなんですか？」

「はい、もう五十年お仕えしておりますが、それは変わりありません」

見かけは普通だが、やはり歳のせいだろうか、老人の記憶は少し混乱している。あの伯爵が五十歳を超えているとはとても思えないから、先代と混同しているのだろう。

「よく似ておいでだ」

「……？」

紅茶を注いでくれながら、老人は目を細めてルカを見る。

「音楽室の入り口にある絵を、ご覧にならなかったですか？」

「見ましたが……たくさんあったので、よく覚えてません」

「黒髪の美しい若者の絵がありましたでしょ。二百五十年前に、ここで亡くなったのですが、伯爵の一番の寵愛を受けられた人だそうですよ」

ルカは微笑んで頷くしかない。どうやら老人にとってこの城の主である伯爵は、皆同じ人物ということになっているらしい。

「この城は、築城されて何年くらいですか？」

別の話題を振ってみる。すると老人は、嬉しそうに話し出した。

「五百年ぐらい前になります。最初は小さな城でしたが、伯爵はここが気に入られて、少しずつ荷を運び込んで築城なさったそうです」

「そうですか」

イギリスの貴族のことはよく知らないが、どうやら伯爵家は代々続く名門らしい。裕福な貴族は領地にそれぞれ立派な城を築くが、わざわざこんな離れ小島に建てたのはどうしてなのだろう。

「昨日は伯爵が歌ってらっしゃいましたね」

「えっ……ええ、僕が譜面を見せたものですから」

「曲を作れるんですね。素晴らしい……わたしは学がないので、楽器も出来ないし譜面なども読めません。けれど歌を真似ることは得意だったので、若い頃はよく伯爵のお相手をさせていただきました」

「そ、そうですか」

先代の伯爵も、音楽好きだったのだろう。伯爵の美声は父親譲りなのだ。

「もう喉が嗄《か》れてしまい、一緒に歌うことは叶《かな》わなくなりましたが、伯爵の歌声を聴くのは何よりも楽しみです。どうか、よいお仕事をして、伯爵を楽しませてください」

「はい、努力します」

記憶が混乱しているようだが、老人の仕事ぶりは完璧だった。ルカが食事をしている間に、手洗いの水と清潔なタオルを用意し、ベッドの点検をして整える。そして綺麗に洗われたシャツと靴下を箪笥《たんす》にしまい、文机の上に置かれたペンと紙を整え、ピアノをすぐ弾けるようにしてくれた。

ルカが食べ終えると、老人は畏《かしこ》まって頭を下げる。

「何かありましたら、いつでもお呼びください。あなた様の忠実な僕《しもべ》としてお仕えします」

「いや、そんな、僕はただの音楽家です。どうか、皆さんと同じような扱いで結構ですから」

貴族でもないのに、こんな扱いをされるとは思わなかった。伯爵に気に入られると厚遇されるものなのだろうか。

「寵愛されたって……伯爵家では代々そういう趣味があるのかな」

ジョエルが面白おかしく話していた場面を思い出し、ルカは一人で赤くなる。

そうなってもいいという気持ちがあった。そんなことは初めてで、ルカは混乱している。男爵夫人に憧れたが、こんな激しい情熱的な気持ちにはなっていない。相手はルカより年上の貴族だ。尊敬することはあっても、情欲の対象として捉えるなんてどうかしている。

「勘違いしちゃいけない。伯爵は皆を同じように愛してくれている。僕だけが特別ってことはないんだ」

文机の引き出しには、上質な紙の束が入っていた。

ルカはそれを取り出し、アルバートとジョエル、それに伯爵に手紙を書き始める。

「親切にしてくれたのに挨拶もしなかった。また会えるかな」

音楽室から、昨日と変わりないばらばらの調律の音が聞こえてきた。本当にあんな調子で、楽団として演奏できるのだろうか。不安になってくるが、伯爵が彼らを追い出さないのだから、それなりの能力はあるのに違いない。

三人にお礼の言葉を書きながら、ルカは今から書き上げる作品の旋律を口ずさむ。伯爵の姿を思い浮かべれば、苦もなく歌詞が湧き出てきた。

オペラは台本を別に書いてもらい、それに曲を付けるという方法もあるが、ルカはすべて一人でやってしまう。今回は古の神々が、想う相手に想われず、想われない相手に想われてしまうという、楽しげな作品がイメージされた。

これまでこの島で会ったどの男達も、皆、伯爵を敬愛している。そしてそれぞれが自分の心の中に、自分なりの伯爵像を持っているように感じた。

「誰もが伯爵を、最強の王、いや、神のようにあがめている。だけどその神は、我々が信じている神じゃない。神話の時代の、少し人間臭い神だ。恋もするし喧嘩もする、ギリシャの神々」

伯爵はゼウスのような印象だ。妻がいるのに平気で浮気し、怒りから雷を投げることもある。ゼウスの力は絶大で、誰も逆らうことは許されない。

「神は歳を取らない……」

あの老人が伯爵のことを、先代と混同してしまう気持ちが少し分かった。彼にとってこの城の城主は神にも等しい存在だから、永遠に生き続けると思えるのだろう。

手紙を書き終えて、渡してもらおうと老人の姿を探す。そのとき音楽室の入り口に飾られた絵に目が向いた。

「本当だ……言われて見ればよく似てるな……」

黒髪の美しい若者が、椅子に座ってハープを手にしている。その椅子はルカの部屋にあるものと同じに思えた。

「まさか……ここまで似ているなんて」

確かにその姿は、ルカによく似ていた。けれどもっと似ているのは、若者の傍らに立ち、その肩に手を置いている男の姿だった。

「伯爵……」

この絵はまるで昨日描かれたかのようだ。けれど実際は二百五十年前のもので、ここにいるのは伯爵の筈がなかった。何代か前の伯爵は、驚くほど今の伯爵に似ているということだろう。

いや、それとも伯爵は、老人が言うように歳を取らないのだろうか。

医者に注意されたことが効いたのか、赤毛の男は熱心に鍛錬している。筋肉質の逞しい上半身は汗で濡れ、シャツを脱いだ姿はまるで古代の英雄ヘラクレスのようだ。

「おい、赤毛が好みだったのか？　だったらそう言えよ。今から髪を染めるから」

じっと見ていたら、早速ジョエルが文句を言ってきた。

「ルカから手紙が来た。読んだか？」

鍛錬の合間に木陰で休んでいたら、サムが手紙を届けてくれた。同じ島にいるのに手紙なんてとも思ったが、生活する場所が全く違うので、連絡し合うのにこれはいい方法だろう。

「俺はまだだ。どうせ同じようなことしか書いてないだろ。見せてくれ」

ジョエルはアルバートの隣に座り込むと、手紙を奪って目を通す。

「へぇーっ、部屋を移動したのか。ということは、今夜から二人きりだな」

嬉しそうに言われて、アルバートはむっとする。その顔を見て、ジョエルは笑い出した。

「何だよ、元気になった途端に冷たいな。おまえは困った人間にしか優しく出来ないのか？」

「そうだな。昨夜は子供みたいに怯えていて可愛げもあったが、そんなに元気な顔を見ていると、心配してやったのが損した気分だ」

「夜にはまた怯えた子供に戻るさ」

そう言うとジョエルは、アルバートの手を握ってくる。その手を見て、アルバートは気づいた。

「もう傷が治ったのか？」

「ああ、いつものことさ。軽い傷なら、すぐに治る」

「そんな……」

ジョエルの手を手前に引き寄せ、じっくりと観察した。医者に付けられたアルバートの腕の傷はまだうっすらと血を滲ませていて、微かな痛みが残っているというのに、ジョエルの傷は綺麗に消え失せている。

「何だよ？　そんなおかしいことか？　俺は、ガキの頃からこんな感じだし、家族もみんなそうだ。病気は滅多にしないから、面倒掛けることもないぞ。どうだ、お買い得だろ」

アルバートが握っていた手を使い、今度はジョエルが手を握り返してくる。そのまま強くアルバートの体を引き寄せ、素早く唇を重ねてきた。

「止せよ、昼間っから」

「ということは、夜ならいいということか？　そうだな、もう夜の探検ごっこは止めて、昼間に切り替えないか？　そうすれば、夜はゆっくり過ごせるからな」

「昼間は人目に付く」

「いいさ、ルカに会いに行くって口実があるだろ」

それは思いつかなかった。いい考えだと、アルバートは頷きながらジョエルを見つめた。

頭が軽そうに見えて、時折とんでもないことを思いつく。仲良くしているならいい相手だが、やはり敵にはしたくない。かといってこれ以上仲良くなったら、当然のように体の関係も求められる。アルバートは正直に困惑している様子を見せた。

「ジョエルのことは好きだが、求められるような関係になれるとは思えない」

「余計なこと考えるから駄目なんだ。ここには女はいないんだぜ。この島の人間の中で、俺が一番好きなら、ただ身を任せればいい。それとも、魔物の伯爵や、赤毛の色男のほうが好みなのか？」

「いや……悪いが、男を外見や財力で判断することはない」

「だろ。俺もそうさ。強さと頭のよさ、これが最低条件だ。おまえはさらに色男ときてる。欲しくなるに決まってるだろ」

またもや唇を押し当ててくるジョエルを苦労して押しのけながら、昼の城内に入る方法について考えた。

来週には客人が来るらしいが、彼らは何のためにこんな不便な島までやってくるのだろう。社交目的の貴族だったら、今の季節はロンドンにいるのが普通だ。わざわざ来るからには、何か秘密の談合でもするつもりかもしれない。

「そうか、ここで話し合われたことなら、決して漏れる心配はないな」

むくっと体を起こしたアルバートは、周囲を見回す。果たしてここで抜け出したら、何か懲罰でもあるのだろうか。鍛錬にはそれほど厳しい決まりはない。各自がもっとも得意とすることを、進んで鍛錬すればいいだけだ。相手が必要なら見つけて、二人、または三人、四人と組んでやるのも自由だった。

「ジョエル、行くぞ。昼の城探検をしよう」

「いいね。鍛錬っていっても軍事訓練とは違うしな。騎士修行っていったって、俺達じゃやることもない。やったことないのは、甲冑つけての槍《やり》試合くらいのもんだが、あれやりたいか？」

「……あまり……」

教官のベイゼネック卿は忙しい。剣もまともに扱えない男相手に、基礎から教えなければいけないからだ。たとえ見世物の騎士ごっこだとしても、剣や弓矢で怪我をすることだってある。

「乗馬訓練ということにしよう。馬で遠乗りに出たふりをして、城に戻る」

アルバートの発案に、ジョエルは大きく頷く。

「いいね、本当に遠乗りしてもいいぜ。島内を調査しないか。もしかしたら別の場所に、大きな武器庫とか弾薬庫があるかもしれないだろ」

「それもそうだが……まずは城からだ。伯爵には気をつけろ。会ったら、また考えていることを読まれる」

「考えてないことまで読むからな、あの魔物は。けどな、アルバート。やつが魔物だったら、昼間は出てこないんじゃないか？」

またもやジョエルのとんでもない発想だ。だが説得力はある。この島は明らかに昼と夜では様子が違う。それは伯爵がいるかいないかの違いのような気がした。

厩舎に行って馬を借りた。よく手入れされた馬が、厩舎には何頭もいる。その中で特に気に入った馬を引き出し、二人でまずは牧草地に走り出た。

狭いと思った島だが、馬で走ってみると意外に広いことに気がつく。風が心地よくて、城に戻るつもりが思っていたより遠くまで来てしまった。

「牧草地がよく手入れされてる。気持ちがいいな。少し、休んでいかないか？」

ジョエルは馬から下りて、勝手に草を食べさせ始めた。

「見ろよ、あんなところに十字架が立ってる。墓かな？」

示された方向には、確かに大きな十字架が立っていた。アルバートも馬を下り、周囲を低い木で囲まれたその場所に入っていく。

見なければよかったと後悔した。そこには思ってもいなかったものがあったのだ。

「伯爵の趣味は変わってるな。こんな場所で鎖に繋《つな》いで、恥ずかしいことさせるつもりらしいが」

ジョエルの見解では、何でも性的な遊びになってしまうらしい。けれどアルバートには、そこが処刑の場のように見えてしまう。なぜなら横たわった人間の手足を繋ぐのにちょうどいい鎖と手錠が、分厚い板に設置されていたからだ。

「鞭《むち》打ちに使用するのかな？　まさか刑場ってことはないと思うが……そうとしか見えない」

なぜか伯爵には、そんな残酷なことをして欲しくなかった。

「心が読めるんだろ？　だったら、いつでも敵対するやつは見つけられる。ここに連れてきて、こっそりお仕置きしてるんじゃないか？」

「お仕置きだけならいいんだが」

どうしてもアルバートは、嫌な方向で考えてしまう。皆が敬愛しているからといって、伯爵がいい人とは限らない。実は裏で恐怖の支配をしているのかもしれなかった。

「そういえば、墓がない。この島でも死人は出るだろうに。それとも亡骸《なきがら》を、すべて本土に帰してやっているんだろうか」

「どうかな。遺体はみんな海に放り投げてるのかもしれないぜ。本土に送り返したって、引き取る身内がいるやつらばかりじゃないだろう」

「そうだな。ではどこかに……墓があるのかもしれないが」

よく見れば、ここで処刑されるようなことはなさそうだ。なぜなら血の臭いもしなければ、板の上に赤黒い跡もなかったからだ。代わりに灰のようなものが、辺りに散っている。けれど遺体を燃やした痕跡はなかった。

　謎が増えていくばかりだ。兵を集めて王に叛旗《はんき》を翻すというのなら、とても分かりやすい。だがこの島の様子は、それとはどこか違う。どう違うという答えが出なくて、アルバートは苛立つ。

「もしかしたらこの下に、まとめて埋めてるのかもしれない。代表の十字架一本が墓の目印ってことじゃないか」

「ここが墓？　だったらこの鎖は何だ？」

「遺体を鳥に喰わせているのかもしれない。鳥葬っていうそうだ。アルバート、学があるんなら知ってるだろ？」

　ジョエルの言うことが当たっているような気がする。それにしても厚い板は古びているのに、血で汚された形跡がないのが不思議だ。


「伯爵は気前がいいからな。海鳥にも優しいのさ」

　空を見上げると、翼を大きく広げて悠々と海鳥が舞っていた。あの鳥なら、あるいは遺体処理もするのかもしれない。

「ジョエル、料理長と仲がいいんだろ？」

　そこでいきなりアルバートは、気になっていたことを口にした。

「いきなり嫉妬か？　安心しろ。俺よりデブな男に興味はない」

「そうじゃなくて……料理長に訊いてくれ。客は何人ぐらいで、何日いるのか。出来れば客の名前も知りたいな」

　今ですら、大勢の食事を賄うので厨房は忙しそうだ。それが客人が来るとなったら、さらに豪華な料理を用意しなくてはならなくて、厨房は大忙しになるだろう。

「そんなこと訊いてどうするんだ？」

途端にジョエルは不機嫌そうになる。

「秘密会談でもするんなら、その相手を知りたい」

「それだけか？　客の中に、金持ちの貴族のご令嬢でもいないか、探りたいんじゃないのか？」

不機嫌の理由が、その言葉ですぐに分かった。どうやら女を狙っていると勘違いされたようだ。

「考えもしなかったな。女性客もいるということか」

「女って聞いただけで顔つきが変わったぞ。そうか……客に期待してたのか」

「つまらない疑いを持つな。私は……王のためにこの島を調べに来ている。女を捜しに来ているんじゃない」

「すぐにムキになる。そういうとこも可愛いけどな」

またもや抱き寄せられ、ジョエルに捕まってしまった。そして無理矢理キスをされそうになる。場所が場所だけに、アルバートとしては絶対に許すわけにはいかなかった。

「死者の前だぞ。慎め！」

「そうかぁ？　こんな島の外れに埋められて、墓参りに来てくれるやつもいなそうだ。みんな墓場暮らしに退屈してるんじゃないか？　たまには刺激的なものを見せてやろうぜ」

「呆れたな。どうして、君はそう脳天気なんだ！」

そのときアルバートは、馬の嘶《いなな》きを聞いた。牧草地に放した馬が、勝手に帰ってしまってはいけない。慌てて駆け戻ると、馬に乗ったベイゼネック卿がこちらを凝視していた。

「同室者に遠慮して、交合する場所を探しているということだったが、今は鍛錬の時間だ。集中してもらいたいのだが」

「は、はい。申し訳ありません。乗馬の訓練をしていたのですが、十字架があったので、墓かと思いお参りに……」

咄嗟に出た言葉は嘘ではない。後から出てきたジョエルも、わざとのように首に提げていた十字架を取り出して握りしめ、静かに祈りの言葉を口にしている。

「ジェフリー卿、来週の武術大会での活躍を、伯爵は期待なさっている。努力するように」

「はい……」

意味がない。どんなに騎士道を気取っても、所詮ごっこ遊びだ。なのにこの島の住民は、伯爵のためなら本気で努力してみせる。彼は人の心を読むだけでなく、繰ることもするのだろうか。

「今より甲冑をつけて、馬上槍試合の訓練をする。そこの元傭兵、おまえのような一兵卒にも、騎士となる機会が与えられているのだ。ありがたく訓練を受けるように」

そこでジョエルは、大げさな動作で畏まってみせた。けれどベイゼネック卿が立ち去ると、途端に舌を出している。

「いいとこだったのに、邪魔しやがって」

「どうやら我々は、思った以上に注目されているみたいだな」

内偵のために来たのに、すべての行動が監視されているようでは何も出来なくなってしまう。島に来たばかりで、注目されやすいときに、していることが派手だったかもしれない。ここは反省して、しばらく大人しくしているべきだろうか。

「見てないようで見てやがる。そんなに男同士でやるのが珍しいか？　ここじゃ、そんなのいくらでもあるだろ？　それとも俺とおまえがいい男だから、余計に注目されているのかな」

ジョエルはヒュッと口笛を鳴らすと、馬を呼び寄せる。つられてアルバートの馬も走り寄ってきた。

「貴族の道楽に付き合うために雇われたんだろ？　そのときはちゃんとそれらしく演技するからさ、他の時間は好きにさせろって言いたいよな」

「そうはいかないだろう。私達は、見られたくないような場所ばかり、探し出していると思われているようだ」

きっとこの墓場も、見られたくなかったのではないか。そんな気がしてきて、アルバートは十字架をじっと見つめる。

「そういえば……教会がない」

そして神父がいない。そこにまた何か秘密があるような気がしてきた。


夜が待ち遠しい。伯爵に会いたい。そして出来たばかりの曲を、ぜひ歌って欲しかった。

日が陰ってくると、部屋の暖炉に火が入れられる。ルカはパチパチと爆《は》ぜる薪《まき》を見つめながら、夕闇がこの世界を覆い尽くし、昼とは違った雰囲気に包まれるのを待った。

窓から外に目を向けると、恐ろしいほどの色をした見事な夕焼けだった。空に残った炎のような朱色を、暗い夜の色がどんどん食い尽くしていく。夕焼けが爆ぜて出来た火の粉のような星が、やがて空一杯に散らばった。

夜が来たのだ。

伯爵を迎えるために、ルカはピアノを奏でる。激しい曲ではいけない。静かな曲、穏やかな波や微かな風を思わせる曲だ。この曲は導入部で使うつもりだ。皆が物語世界にすっと入り込めるように、心を落ち着かせ集中するようなものにしたい。

ピアノを弾いているのに、ルカの耳は足音を聞き分けていた。そういえば伯爵はあまり足音を立てない。滑るようにして歩くのだろうか。聞こえるのはせかせかした足音だから、これは伯爵の足音ではない。

「美しい音楽家だ。作る曲も、奏でる音色も、そして本人そのものも音楽のように美しい」

伯爵の足音は全く聞こえなかった。なのに伯爵は、痩せた小柄な男を伴って、いつの間にか部屋に入ってきていた。

「かなり書き上がりました。よろしければ、目を通してください」

自分でもこの速さが信じられない。いつもの何倍も集中力が増し、譜面に書き写すのが追いつかないくらいだった。それが嬉しくて、つい挨拶も無視していきなり切り出してしまった。

「ルカ、その前に彼を紹介しよう。衣装を仕立ててくれるエナードだ」

「あ、す、すいません。し、失礼しました。ルカ・ミナルディです」

そこにいるのが分かっていたのに、ルカには伯爵しか見えていないも同然だ。傍《はた》から見たら、おかしく思えたことだろう。だがエナードは表情一つ変えず、大仰に頷いただけだった。

「出演者の衣装を作らせる。どんな内容かエナードに説明してやってくれ。それとエナード、この音楽家の演奏会用の衣装も必要だ。当日は指揮を執る」

「僕がですか？」

「ああ、もちろん指揮だけでなく、楽器も演奏してもらわなければ困る。何しろ少人数の楽団だから一人でも欠けたら音が寂しくなるだろう」

エナードは巻き尺を取り出すと、恭しく近くに来てくれと態度で示す。ピアノから離れてエナードの前に立つと、今度は伯爵がピアノに向かい、目の前に置かれた譜面を見ながら弾き始めた。

「えっ……」

初見とは思えぬ正確さだ。ルカが心に思い描いていた以上に、素晴らしい曲のように思える。

「これは序曲か？　海だな……そして風だ」

「は、はい。そのとおりです」

採寸されながらも、ルカは飛び上がりそうになる。何も言わないのに、伯爵はすでにルカの訴えたいものを読み取ってくれたのだ。

「物語はどんなものだ？」

「古代の神々が、想う相手に想われず、別の相手に好かれてという、関係が円のようになっている話です」

「そうか、エナード、内容は分かったな」

そこでエナードは、囁くような小さな声ではいと答えた。

被服工房の職人は何人ぐらいいるのだろう。歌う六人の衣装、それにルカの新しい衣装、それだけではない。今回新しく島にやってきた二十人のために、さらに新しい別の衣装も作らなければいけないのだ。少人数でやるとなったら、かなりの忙しさになるのは確かだ。

「あの、忙しいようでしたら、僕の衣装はこのままで構いません。新しいものをいただいたし、とても気に入っておりますから」

「どうぞ、そのようなご心配はなさらずに」

ぼそぼそと話すのに、エナードの声はなぜかはっきりと聞こえた。

「お色のお好みはありますか?」

「特別にはありません」

「では……こちらで決めさせていただきます」

　採寸を素早く終えると、エナードは伯爵に会釈してそのまま急いで部屋を出て行く。伯爵はその間もずっとピアノを弾き続けていた。

「軽快でいい曲だ。けれどもう少し劇的なほうがいい。歌うのは神々だ。重厚で……力強い。輪唱はいいな。想いが空回りしている感じが出ている」

　弾きながら先を読んでいる。伯爵は何年音楽を学んだのだろうか。それとも特別な天才なのかもしれない。自分の才能のなさが改めて強く感じられて、ルカは自信作と思えたものが恥ずかしくなっていた。

　すると伯爵は弾くのを止め、じっとルカを見つめてくる。

「才能はあるが人間として未熟なのだ。それはどうすることも出来ない。まだたった二十三年しか生きていないのだから。しかもそのほとんどが死の影に怯えている日々だった。母の死、姉の死、そして父の死。自分を成長させ高めようとしても、どうせすぐに死ぬのだろうと思えて虚しくなるから、勇気が持てない」

　自分のことを言い当てられているというのに、ルカはただ聞いているだけだ。

「救いはその素直さだ。魂を汚されたのはただ一度だけ。復讐《ふくしゅう》するならどの方法がいい?」

「そんな、復讐なんて考えてみたこともありません」

「そうだな。自分の身を守るために、ただ逃げるだけだった」

　邸に戻る余裕もない。ともかく遠くへ行くことしか考えなかった。最初はフランスへ逃げようかと思ったが、革命の後大変なことになっている。英語が話せたので、だったらいっそイギリスまで逃げようと思った。

長い逃亡生活のうちに、父の形見の懐中時計と、母の形見のペンダントはなくなった。着替えのシャツや粗末な食事、不潔な安宿の支払いにすべて消えてしまったのだ。手元に残ったのは僅かの金と譜面だけ。そんなルカにとって、この島での音楽家募集は何よりの救いだった。

「オーストリアにいても、たいした音楽家にはなれなかっただろう。何より、理解のない家族がいけない。あてにしていた父親に死なれ、ルカに対して冷酷だった筈だ」

「そのとおりです。伯爵には何も隠せないんですね」

「こんな力が欲しいか？」

「いいえ……僕のような愚か者は、相手の考えを知っても苦しむだけです。伯爵はきっと強い心をお持ちなのでしょうね」

伯爵はルカを手招きし、ピアノの前に座らせる。そして譜面を示し、指先で直すべき箇所を示してきた。

その体からは、花の香りがするばかりだ。若い強靭な男達が発する熱もなく、牡《おす》の匂いもしない。

「ここをもっと劇的にしよう。輪唱はとても楽しいから、もう少し長くてもいい」

「は、はい」

「あの女がまともだったら、あるいは世に出られただろう。ところで復讐には様々な方法がある。財産、名誉、命などをただちに奪うか……または一つ一つ、時間を掛けて奪っていくか……」

誘われてルカも、男爵夫人に復讐する場面を思い浮かべる。どうやったらルカの心は晴れるだろう。

命を奪いたいとまでは思わないが痛手は与えたい。男爵夫人がもっとも苦しむとしたら、その美貌を傷つけられることだろうか。

男爵夫人の顔に、醜い爪痕が這《は》っている。それを心に浮かべた瞬間、ルカはぞっとして我に返った。

「恐ろしい、無理です。そんなこと考えてはいけないんだ」

「そうだろうか。私も彼女を許せない気分だ」

「どうしてです。伯爵には関係のない話なのに……」

「彼女はどうしてルカをおびき寄せた？　罪をなすりつけるのなら、街にいるごろつきでもよかった筈だ。なのにわざわざ音楽の才能ある若者を使い捨てた。これは……芸術に対する冒瀆《ぼうとく》だ」

力強い口調で伯爵に言われると、ルカもそんな気がしてくる。どうして濡れ衣を着せる相手がルカだったのか、今でも謎は残っている。

「一つだけ彼女はいいことをした。ルカが絶望してくれたおかげでここにいる」

そこで伯爵はルカの手を取り、唇を押し当ててくる。するとルカの体は、稲妻に貫かれたかのような衝撃を覚えた。

「その返礼の意味も込めて、奪うものは一つにしてやろう。何がいい？　命は駄目だ。それでは彼女の苦しみが一瞬で終わってしまう」

なぜか伯爵は、恐ろしいことを言っているのに楽しそうだ。何か言ったら、本当にそうなってしまいそうでルカは言葉に詰まる。そうしているうちに、一つの考えが浮かんでしまった。

「そうか、富を奪うのか。ルカが流浪の生活で味わったような、惨めな暮らしを彼女にも経験させたいのだな。いい考えだ。財産目当てで夫を殺すような女に相応しい」

すぐにルカの考えは読まれてしまう。けれどルカは、どうせここだけの言葉遊びだと思っていた。考えるだけなら誰にでも出来る。男爵夫人が苦しんでいることを考えただけで、心は少し軽くなっていた。

「彼女の破滅までに、少しばかり時が必要だ。待てるか？」

「そうですね。生きていられれば……」

没落した男爵夫人を見て笑っている自分の姿なんて、想像するのも難しい。ここに来て少しは元気になったが、いずれルカは死ぬのだろう。他の人々より自分の人生はずっと短いのだという恐怖心は、そう簡単に消えることはない。

「枯れると分かっていても、私は花を愛《め》でる」

「いつかは枯れる花をですか？」

どうしてそんなことを言い出すのだろう。そこでルカの脳裏には、音楽室に飾られた絵が思い浮かんだ。

若くして亡くなった美しい音楽家、彼のようにルカの絵もいずれは音楽室に飾られるのだろうか。そしてその傍らに、やはり伯爵が描かれるのかもしれない。そう考えながら伯爵を見つめる。

伯爵は顔を近づけてくる。そして唇が重なりそうになった途端に囁いた。

「名曲は死なない。自分が奏でることは出来なくても、次代の誰かが演奏してくれる。だから私は音楽を生み出す力のある者を愛でるんだ」

「あの絵は……あなたですね？」

「あの花は……枯れてしまった。けれど彼の作り出した曲は、今でも生きている。ルカ、肉体の死を恐れることはない。魂を込めた曲を生み出すといい。そうしたら私は……その曲を永遠に誰かに奏でさせると約束しよう」

「永遠に……」

そのまま静かに唇が重なる。ルカは一度も性的な経験がないから、キスによる肉体の変化の意味がよく分からない。ただこれまで一度も感じたことのない、高揚した気分に戸惑うばかりだ。

「魂が震えているな。今のルカは楽器と同じだ。心で様々な音を奏でているのが分かるか？」

「こんな気持ちは……初めてで……」

「もっと高みに上るがいい」

再び唇が重なったが、ルカは渦に飲み込まれていくような感覚に捕らわれていた。たどり着いたのは海の底だろうか。そこでは両親と姉が、花に囲まれて笑っている。

「ああ……」

いつの間にかルカの体は、真っ白な魚になっていた。そして伯爵に絡みつくようにして泳いでいる。これが泳ぐ感覚なのかと、泳げないルカは楽しくなっていた。

そこに伯爵がいる。ルカのすべてを知っていて、導いてくれる伯爵が。

もっと彼に愛されたい。それにはどうすればいいのだろう。肉体を捧げたいけれど、伯爵はルカの貧相な肉体になんて興味はない筈だ。だったら曲を生み出すしかないのか。

それには時間が足りない。一日はどうしてこんなに短いのだろう。

「あなたの側にずっといたいのに……」

魚となったルカは、伯爵に何度も体をこすりつける。そうしているうちに、いきなり大きな波が起こって、ルカの体は一瞬でこの部屋に打ち上げられていた。

まだ魚のようだ。息が苦しくて、ぱくぱくと口を開いて息をしている。幻覚だった筈なのに、泳いでいたかのように下半身が濡れているのを感じた。目覚めたとき、こんなふうに汚れていたことも何度かあったが、まさかそんな恥ずかしいことを伯爵の前でしてしまったのだろうか。

「すいません、あの……」

「恥じ入ることはない。生きている証《あかし》だ」

伯爵は笑いながらルカを抱きしめ、今度は額に唇を押し当てる。

「体を綺麗にして、ゆっくり休むといい」

「そんな、僕が粗相をしたせいですか？　もっと一緒にいてはいけませんか？　何かご予定があるのですか？」

「質問ばかりだな」

一番知りたいことは、まだ訊いていない。それを言ってしまったら、伯爵は答えてくれるだろうか。

口にしない代わりに、心に強く念じた。すると伯爵は、謎めいた答えをくれる。

「明日の夜にまた会おう。私は……夜に生きるものだから……」

すーっと伯爵の体が離れていく。するとこ一日の疲れが一気に襲ってきて、ルカはそのまま座り込んでしまった。

薪の爆ぜる音が聞こえる。ここにあるすべてが現実なのに、伯爵がいると何もかもが夢の世界のもののように思えてしまう。

「夜に生きるものって……？」

幽霊でないことは確かだ。アルバートとジョエルなら、何だと言うだろう。離れて一日も過ぎていないのに、ルカは二人を懐かしく思い出し、会いたいと思い始めていた。

ルカのベッドがなくなって、部屋は少しだけ広くなった。そのせいなのか、寒さも強く感じられる。

「騎士になったら城に住めるんだろ？　あっちには暖炉があるのかな」

ジョエルは断りもなく、アルバートのベッドに潜り込んでくる。

「よせ、今夜はもう魔物は出ない。一人で寝ろ」

「どうして？　寒いんだから、一緒に寝ようぜ」

「それより料理長に訊いたのか？」

邪険にジョエルの体を押しのけながら、夕食後ジョエルに厨房に向かわせ、料理長に客のことを訊いた結果を訊ねた。

「よく分からない連中だ。料理長はまともだと思ったのにな。客にはどんなご馳走を出すんだって訊いたら、笑われた」

「笑われた？」

「ああ、俺が余程食い物に拘《こだわ》ってるとでも思われたのかな。その後で、やたらと肉を食わされた。アルバートが図書室からなかなか戻らないから、いつまでも食わされてまいったぜ」

ベイゼネック卿に図書室の場所を教えてもらったのだ。素晴らしい蔵書の数々で、時が過ぎるのも忘れて図書漁りをしてしまった。その間、ジョエルは厨房で肉責めにあっていたらしい。

「よかったじゃないか」

「よかった？　何がいいんだ。本当に困ってるんだ、アルバート、助けてくれよ」

ジョエルはアルバートに抱きついてくる。怖がっていた子供のようなジョエルだったら抱きしめてもやるが、今夜のように元気だったら面倒だ。

「一日やってる鍛錬だって、あんな程度だ。何日も山の中を歩かせられる実戦とは比べようもない。なのに朝も夜も、肉がたっぷりの食事を出される。食べなきゃいいいんだろうが、料理長は料理が上手い。ついつい食い過ぎるだろ」

「そうだな……」

農作業に配置された者や職人達はいい。十分な食事と快適な宿泊環境が与えられて、毎日張り切って働けることだろう。

だが騎士候補となると、あまりにも優遇され過ぎていて、このままでは体を鍛えるどころか、どんどん太っていき、晩年の富裕貴族のようになってしまいそうだった。

「お願いだ、アルバート……嫌なのは分かるが、嘘でもいい、俺の相手をしてくれ」

結局はそれが問題になるのだ。若くて健康な男だ、こんな環境では性欲に苦しむに決まっている。

「いきなり突っ込むようなことはしないよ。真似事でいいんだ。おまえの体を傷つけるつもりはないから、なっ、アルバート」

欲望に追われた男は見境がなくなる。ジョエルの顔つきは、明らかに昼間と違っていた。ぎらぎらしている、まさにそんな印象だ。

「一人でやればいいだろ」

「俺がこんなに苦しんでるのに、助けてくれたっていいじゃないか」

「苦しんでるって……」

押しつけられる下半身の状態が分かって、アルバートはため息を吐いた。

ジョエルは嫌いじゃない。いいやつだと思っている。友人として側にいて欲しいと思うが、抱き合いたいという気持ちにはなれなかった。

「おまえも気持ちよくしてやるよ。俺は娼婦なんかよりずっと上手い」

「娼婦がどんなものか知らないから、比較のしようがないな」

「はっ？　まさか……」

体を押しつけてくるジョエルの動きが、そこで止まった。蠟燭一本だけが灯された薄暗い部屋で、二人はそこでお互いを見つめる。

「まさか、したことないとか言わないよな」

「ないんだ。結婚すればするんだろうが、今のところ必要を感じていない」

「はは、はっ、ははは」

ジョエルは笑い出す。最初は小さかった笑いが、そのうちどんどん大きくなっていった。つられてアルバートも笑い出す。ジョエルの体を思い切り叩いて、子供の喧嘩状態で笑い合っていた。

「神父か牧師を連れてきたら、結婚してやってもいいぞ」

笑い終えると、アルバートはふっと冗談を口にする。

「本当か？　だったら船長を連れて来る。または気に入らないが伯爵に頼もう」

すぐにジョエルはその気になった。

「牧師か神父って言っただろ」

この島には聖職者がいない。そう思ってわざと言ったことなのに、ジョエルは別の解釈をしているようだ。

「知らないのか？　船長と領主には、婚姻を許可することが許されているんだ」

「駄目だ。聖職者じゃないと、神が許さない」

「誰が許可したって、俺達は神に許してはもらえないさ」

そうだ、神が許さないと拒絶しようとしたが、ジョエルはもうすっかりアルバートが受け入れてくれたものだと思ってしまったようだ。積極的に体をまさぐりながら、熱い唇を押しつけてくる。

「最初は真似事でもいいさ。明日……いや、アルバートの気が変わらないうちに、今すぐにでも伯爵を見つけて結婚してもいいが……それまで我慢出来そうにない」

「我慢しろ。ともかく、今は駄目だ」

「大丈夫だって。料理長に極上のオリーブオイルを貰ってきた。これがあれば痛い思いはさせないですむ」

ジョエルは勢いよくアルバートの上から飛び降りると、脱ぎ捨てたままの上着のポケットを探り始めた。

「ジョエル、こうしよう。今は興奮しているから、とりあえずそれを鎮めることにして、その後は例の武術大会の後にしよう」

「何で？」

小さなガラス瓶を手にしたジョエルは、怪訝そうな顔になってアルバートを見る。口ではアルバートに敵わないと思っているのだろうか。騙されないぞといった様子が感じられた。

「試合では公正に戦いたいんだ。君に対して特別な感情を持ってしまったら、私は戦えない」

「嘘は吐くな。たとえそうなったって、おまえは公正に戦う。なぜなら、手加減なんてことをしたら、俺に対して失礼だってことを知ってるからだ」

そのとおりだったので、何も言えなくなってしまった。黙っていると、ジョエルは遠慮がちにキスしてくる。

「アルバートを手に入れる一番いい方法は、俺が尊敬を勝ち取ることだけさ。おまえは欲望に疎い。頭だけで生きてるような男だからな。頭で俺を認めないと、抱かれたりはしないんだ」

ジョエルは着ていた寝間着を脱ぎ捨て、逞しい裸体を見せつける。股間の状態を見てしまうと、もう逃げられないと覚悟しなければいけなくなった。

「本当の運命の相手なら、いつか結ばれる。だから俺は急がない。暴力的なことをして、何もかも奪うようなことはしないと約束するから……」

「それで？　今はどうしたいんだ？」

「これさ」

手にした瓶を示し、にやりと笑うとジョエルは再びアルバートのベッドに這い上ってきた。

「こいつを使う前に、まずはおまえからだ」

するりと寝間着は脱がされてしまった。お互いの裸なんて見慣れている。そう思っていたのに、改めて二人きりの部屋で裸になると、気恥ずかしさを感じた。

「どうするつもりだ」

「こうするのさ」

その部分にいきなりジョエルの顔が近づいてきて、先端にそっとキスされた。アルバートは思わず悲鳴を上げそうになったが、どうにか呑み込んだ。ここで騒ぎ立てて、ゾーイにでも踏み込まれたらたまらない。

「な、何をしてる？」

「色男のくせに、本当に遊んだことがないんだな。恋人は自分の指だけか？」

「そ、そういうことも、しないように躾《しつ》けられている」

少年期を過ごした寄宿制の学校は厳しくて、自分で自分を慰めることも許されなかった。だからアルバートは、夢の中でしか快感を味わえないで育ったのだ。

「変な罪悪感は持つな。これは悪いことじゃない。生きてる証拠さ」

「だが他に手段はあるだろう？　何でそんなことを……」

「もっとも恥ずべき行為をするのは、俺がそれだけアルバートに対して本気だって示すためだ。じっとしてろ。目を閉じて、羊でも数えているうちに終わる」

ジョエルが黙ったと思ったら、その口にアルバートの性器が呑み込まれていた。恐怖から最初は何も感じなかったが、舌先が先端部分をくすぐり始めると、アルバートはどうしていいか分からずジョエルの体を押しのけようとした。

「よせ、駄目だ。そんなことをされたら……」

我慢が出来なくなってしまう。アルバートの体は素直に反応し、性器を堅くしてジョエルを低くうめかせていた。

「止めよう、ああ、止めてくれ。お願いだ、ああっ、それは困る。困るんだ」

欲望に身を任せることは、蔑まれるべきことだ。そう教えられてきたのに、何ということだろう、アルバートは楽しんでいたのだ。

「ああっ、ど、どうにかなりそうだ。はっ、ああ……もういい。気が済んだだろ。離してくれ。止めてくれ、お願いだ」

けれどどんな懇願もジョエルは聞き入れてくれない。むしろアルバートが困惑すればするほど、執拗《しつよう》に吸い込んだり舐めたりしてくる。

「も、もう終わりにしよう。頼むから、あっ、お、お願いだ」

じわりと何かが出て行く感じがした。続けてさらに多くのものが、勢いよく飛び出す。

「あっ！」

「遠慮しなくていいんだ。思い切り出していいから」

そう話すジョエルの顔に、白い飛沫《ひまつ》が散っているのが見える。

「うっ、うわーっ」

アルバートは慌てて、脱ぎ捨ててあった寝間着でジョエルの顔を拭いていた。

「おまえって、可愛いんだな。いつもはいかにも海軍の将校ですって感じでさ、肩肘張って、強そうにしてるのに」

にやにやと笑って言われ、アルバートは思わずジョエルに殴りかかる。

「うるさいっ、な、慣れていないだけだ」

「慣れなくていいさ。新鮮でいい」

改めてジョエルは、アルバートをぎゅっと抱きしめてくる。

「そうか、初めてなのか……俺は、幸せ者だ。少なくとも、前の恋人と比較されることはないんだから」

「私は何人と比較されるんだ？」

「えっ……そうだな」

ジョエルは優しい目をして笑う。そんな表情をされると、アルバートの心は揺らぐ。この男を思った以上に好きなのかもしれない、そんな気がしていた。

「比較なんてしようがない。これまでの相手はみんな石ころだったが、おまえは……宝石だ。おまえにとって俺は最初の男かもしれないが、俺にしてみれば、おまえを最後の男にしたい」

「ありがとう。褒められるのは嬉しい」

「色気ねぇなぁ。もう少し、俺をどきどきさせるようなことを言ってみろよ」

またもや笑いになってしまった。子供のようにふざけてばかりだが、それだけではもう済まないだろう。

ジョエルの手が、今度は優しくアルバートの太ももを撫でている。

「横になってじっとしてろ。料理長に感謝だな」

アルバートの体の向きを変えると、ジョエルは閉じた太ももの間に手を入れてくる。そこにさっきのオリーブオイルがあるのは確かで、ぬるぬるとした感触がどんどん広がっていった。

「んっ……」

「気持ち悪くてもそのままでいてくれ。これが俺達にとって、もっとも平和的な解決方法なんだから、文句は言うな」

堅くなったものが太ももの間に差し込まれる。続けてジョエルの体が動き始めた。

太ももを閉じてはいるが、尻から性器まで微妙な感触が伝わってくる。優しく外側からこすられるのは、思いの他気持ちがよかった。

「こんなことでいいのか？」

「うるさいっ。よくなくても、おまえのためにしてるんだろっ！」

余計なことを言って気分を害してもいけない。そう思ってじっとしていたら、ジョエルの激しい息づかいが耳元に響いてきた。

「ああっ……んんっ……んっ、うう」

その声を聞いていると、またもやおかしな気分になってくる。その部分の刺激と、切なげなうめき声で、アルバートは再び性器が堅くなっていることに気がついた。

そうしているうちに、太ももの間に生ぬるいものが広がった感触があった。けれどジョエルのものは挟まったままで、硬度も落ちていない。そのことに気づいて思わず足の間にあるものに触れると、ジョエルは申し訳なさそうに言ってきた。

「ああ、アルバート、すまない。俺は、簡単に一度で終わる男じゃないんだ。しばらくこの状態が続くことになるが……んっ……」

前に手を回してきて、アルバートの股間に触れてきたジョエルの動きが止まる。そしてまたもや笑いが始まった。

「笑うな、何がおかしい」

「いやぁ、体は正直だな。そんなに悪くないって、自分で言ってるようなもんだ」

「は、初めてだから、何をされても反応してしまうだけだ」

「そうだ。そうだよな……初めてだから……」

アルバートの耳たぶを舐めながら、ジョエルはさらにオリーブオイルで湿らせた手で性器に触れてきた。

「分かるだろ。この気持ちよさを知ったら、好きな相手と楽しみたいと思うってのが。アルバートが同じように喜んでくれて嬉しいよ」

「んっ……そんなにいろいろとやる方法があるのか？」

「あるけど誰も教えない。楽しむことは悪だと教えるだけだ。俺は、楽しみたい。生きていることを、もっと楽しみたいんだ」

戦場で死と向き合ってきたジョエルだからこそ、強くそう思うのだろう。

「楽しもうぜ……」

誘うようにジョエルの手が動き出す。アルバートは目を閉じ、余計な考えをすべて捨てて、されるままになっていた。

数日後の夜、灯台に灯が点《とも》った。するとそれを目標に近づいてきた数隻の船から、何艘ものボートが降ろされ島に向かっていた。

荷下ろしを手伝うように言われたアルバートは、ジョエルと共に浜に向かいながら、自分がこの浜に降り立った日のことを思い出す。あの頃は任務を全うしようと必死だった。それが今ではどうだ。ここでの生活に馴染《なじ》んでしまって、心の奥では日々に安らぎすら感じてしまっている。

ジョエルは口笛を吹き始めた。すると誰かが同じように吹き始め、さらに人数が増えてほどよく音が混じり合い、のんびりとしたいい雰囲気になっていた。

「夜だっていうのに、ピクニック気分だな」

苦笑しながら、アルバートは肩をジョエルに抱かれている。そんなことをされると文句を言ったり邪険にしていたのに、いつの間にかそれが自然なことになっていた。

「島の住人とは上手くやってるが、会ったことのない人間と会えるとなると、また別の意味で嬉しくなるんだ。アルバートだって同じような気分だろ？」

「そうだな。好奇心は湧くよ」

気を引き締めろ、アルバート。ここに来た当初の目的は何だったのだ。伯爵に国家反乱の意思があるのか、調査に来たのだ。伯爵の交友関係も調べねばいけない。貴族なのか、ブルジョワなのか、他国の人間なのか。

ジョエルと思っていた以上に親密になってしまったが、その結果すっかり浮かれているのではないか。今更のように反省しながら、アルバートは客の到着を待った。

浜辺では島民が、手にした松明《たいまつ》を振っている。するとそれに応えるように遠くで火が揺れたかと思うと、海上を滑るようにしてボートが近づいてくるのが見えた。

大きなボートが波打ち際まで来る。そして騎士達は、騎士の数人が近づき恭しく頭を下げる。そして騎士達は、華やかなドレスに包まれたレディを抱きかかえて岸まで運び始めた。

「女か……三人いるな」

面白くなさそうにジョエルは言う。三人とも若く華やかな美人だったので、アルバートが惹かれるのではないかと、気が気ではないのだろう。

続けて四人の身なりのいい男達が降り立った。実際の年齢は知らないが、見かけは皆若い。アルバートが想像していたのは、でっぷりと太ったいかにも金持ちそうな貴族やブルジョワだったので、大きく読みは外れていた。

続けて彼らの従者なのだろう、若者が荷を担いで次々と下りてきた。皆で荷物を馬車や荷車に積む。何度も波打ち際まで往復して荷を受け取りながら、アルバートは七人の客人が馬に乗る様子を盗み見ていた。

レディ達には、それぞれ騎士が馬に同乗している。そして荷を待たずに、七人は城に向かって先に行ってしまった。

「何だ、あいつら。鍛錬のときはだらだらしてるのに、女が来た途端に張り切ってるな」

騎士の三人は荷運びも手伝わない。それどころではないといった、必死な様子だった。

「あの人達はいつも来るのか？」

先頭に立って荷運びの指揮を執っているサムに訊

いてみた。こういったことを訊くのは、やはりサムがもっとも相応しい。ここで長く働いているからというだけでなく、誠実な男だったからだ。

「ああ、よく来る人達だ。伯爵の歌仲間だよ」

「歌仲間？」

「俺は一流のオペラ歌手なんて知らないが、それと同じくらい伯爵達は上手いらしい。俺達にも聴かせてくれるが、そりゃあ見事なものさ」

「それは楽しみだが、あの騎士達の態度は何だ？」

女性のいない島で、唯一女性と知り合う機会だから張り切っているのだろうが、見ていてあまり気持ちのいいものではない。何だか魂を抜かれてしまって、盲従しているかのような印象を受けたからだ。

「武術大会で、盛大に賭けてくれるからさ。賭け金の一部は騎士の取り分になる。次回からはあんたらが、同じように皆さんのお気に入りになるだろうな」

そんなものにはなりたくないが、ジョエルにとって賭け金は魅力的だろう。どうするというようにジョエルを見ると、怒った顔で黙って荷を運んでいた。

「稼ぐのにいい機会だな、ジョエル」

「実力で勝つだけさ。あんな連中に媚《こ》びを売ってまで、賭け金をつり上げるつもりはない」

「いいのか？」

「俺は見世物の猿じゃない。女に振る尻尾もないさ」

ではレディではなく、四人の若い貴族に望まれたら媚びを売るのかと、思わず言いそうになってしまった。だがそんなことを口にしたら、ジョエルは嫉妬してくれたと喜ぶだけだ。

サムは船から下りてきた客の従者と、親しげに話している。その会話の端々から、彼らが以前はこの島の住人だったことが分かった。

「伯爵は本当に気前がいいんだな。自分の島の住人も、平気で客に提供してるみたいだ」

同じように聞き耳を立てていたジョエルは、苦々しげに呟いた。彼らが仕えているのが、レディだったのが気に入らないのだろうか。

「女性に対して、何か恨みでもあるのか？」

思わず訊いてしまった。するとジョエルはとんでもないことを口にした。

「最初の隊で移動中、綺麗な姉さん達の乗ってる馬車と一緒になったんだ。その夜、隊長と数人の兵が姉さん達のテントに誘われた。俺は見張りをやらされたんだが……分かるだろ？」

「娼婦だったのか？」

「そんなの当たり前だ。それだけじゃない。女達は酒に毒を入れて隊長達を殺した。その隙に敵が襲ってきて隊は全滅さ。俺は運良く逃げ延びたけどな、あの凄惨な夜は決して忘れない」

返す言葉もない。そんな経験があって、ジョエルは媚びてくる女性に対して、特別な警戒心と嫌悪感を抱くようになったのだろう。

「どの女が伯爵のお気に入りなんだ？　俺は、赤毛の女だと思うが」

「……」

なぜだろう、アルバートには伯爵が特定の女性と恋愛を楽しむとは思えなかった。それとも貴族のレディだから、いずれは結婚相手にと思って見ているのだろうか。

「伯爵は裕福だ。持参金の額で相手を選ばなくていいのが羨ましい」

「おまえには自尊心ってものがないのか？　女の持参金なんて当てにするなよ。それより自分で稼げ」

「貴族というものは、額に汗して働くようなことはない」

「本気で言ってるのか？」

そこでアルバートは力なく微笑む。

先祖代々そう信じてきたから、今の没落状況になったのだ。戦場で大活躍でもしない限り、領地がこれ以上増える望みはない。議会に出ても、雄弁なブルジョワジーにやり込められるばかりでは、王に気に入られるなんてことにはならない。

「兄は今でもそう信じているだろうな。だが私は……荷運びだってやる」

アルバートの答えが気に入ったのか、ジョエルは機嫌のよさそうな顔になった。

「そうだよ、その心意気だ。な、アルバート、二人で新大陸に行こう。石を投げて落ちたところまでの土地は、誰でもただで貰えるらしい。畑を作ろうって言ってるんじゃないんだ。新大陸にない商売をやれば稼げるさ」

「稼いで、それからどうするんだ？」

「もっと稼ぐ。そして町を作る。故郷から甥《おい》っ子や従兄弟を呼び寄せて、みんなで協力してさらに大きな町にするんだ」

新大陸では稼いだ分はすべて自分のものになると、皆は信じているようだ。どんなに働いても、国や貴族に稼ぎを奪われていく庶民としては、そんな話を信じたくもなるだろう。

「だったら賭け金をつり上げられるように、多少は媚びることも必要だ」

「んーっ、けどな」

「芝居だと思えばいい。現実にもう騎士なんていないんだ。自分は役者で、騎士役をやっているんだと思えば、自尊心も傷つかないだろ？」

「そうかもな。アルバートが新大陸に一緒に行ってくれるなら……多少の嫌なことは目をつぶってもいいかな」

ふと心が揺らいだ。広大な大地が脳裏に浮かぶ。ジョエルと二人、馬に乗って疾走している場面を思い描いた。

国に忠誠を誓い、愚かな肉親の名誉のために危険な任務を遂行しても、アルバート自身に何が残るのだろう。愛のない結婚による、新たな家族だろうか。運良く資産家の令嬢と結婚出来ても、それだけで幸せになれるとはとても思えない。

「町を作るか……壮大な夢だな」

「みんなが同じように大切にされる町だ。アルバートには初代町長になってもらうかな」

「ジョエルは何をする？」

「俺は稼ぐ……それでいい。名誉はいらないから」

はっきり言い切るジョエルに、アルバートは好感を抱く。つまらぬ名誉のために腐心する人間を多く見て来たから、余計にそう思うのだ。

「女達が来たから、これからは旨い菓子にありつけるな」

酒も好きだが、ジョエルは甘い菓子も好きだ。貧しい食事が多い傭兵生活では、満足に甘いものを口にすることもなかったのだろう。よく料理長にすり寄って、プディングやジャム付きのビスケットを余計に貰っている。

レディのいるところでは、華やかな菓子が用意されるのが普通だ。料理長は腕がいいから、さぞやおいしい菓子を大量に用意しているに違いない。

「貴族は客にどんな料理を出すんだ？」

ジョエルの質問に、アルバートは華やかな貴族の食卓を思い浮かべる。アルバートの邸では、客をもてなすなんて滅多にないことだが、裕福な貴族の家に招待されることはあった。

「領地で採れたものでもてなすのが普通だ。ここだったら牧場で生まれた子羊や、海で採れた海老《えび》や魚が中心になるだろうな」

「海老か……あれは旨いな」

「食べ物のことを考えているときだけは、本当に幸せそうだな」

「えっ、いや、緊張感のない生活が続いてるからさ」

本当に緊張感なく過ごしてしまった。島民の誰もが同じように感じているだろう。背後からいきなり襲われる心配はないし、毎日仕事としてやることはそこそこある。食べ物は豊富で、清潔なベッドでゆっくり眠れるのだ。自然と皆の表情は、来たばかりの頃に比べて穏やかになっていた。

「傭兵の頃は、行軍の間中ずっと食い物のことを考えていた。いつも腹が減ってたからな。だけどこんなにたっぷり食えるようになっても、やっぱり食い物のことばかり考えてる。俺は、馬鹿な男さ。呆れたか？　嫌われたかな」

「正直なだけだろう。海軍の兵士は、海戦となれば何日も船の中だ。当然、まともなものは食べられない。だから私は、普段から食べ物のことは出来るだけ考えないようにしている」

「禁欲的なそういう姿勢が、逆にそそられるんだ」

またそれかと言いそうになったが、城に到着した途端に二人とも口を閉ざす。

嫌な相手がいる。やたら偉そうなゾーイも嫌いだが、この医者はもっと苦手だ。何か不気味な雰囲気で、側に来られるとぞくぞくとした寒気を感じる。

「荷運びはもういいから、ジョエル、城に来ていただけますか？」

「何か用ですか？」

「ええ、ちょっとね」

ついてくるように医者が促す。そこでジョエルは慌てながら医者に向かって言った。

「俺だけですか？　アルバートは？」

「あなただけです。大丈夫……すぐに自由にして差し上げますから」

ジョエルは何とも情けない顔をした。過酷な戦場を生き抜いてきた屈強な兵士なのに、ジョエルは得体の知れないものが怖いらしい。何度もアルバートのほうを振り向きながら、渋々医者について城に向かって行った。


楽団員は全員正装していた。黒の上着とズボン、そして真っ白なシャツだ。優秀な仕立屋であるエナードは、ルカのものもちゃんと用意してくれている。短期間で縫い上げてくれたのだ。

広間に用意された席に着くと、客を出迎えるための演奏を開始する。練習中はまともな音も出せない団員が、どうしたことか見事な演奏をしているのが不思議だ。

ルカはピアノを弾きながら、入り口から入ってくる客の様子をさりげなく観察していた。

真っ先に目に付いたのは、伯爵にエスコートされた色白で豊満な体つきをした赤毛の美女だ。二人は親しげに顔を寄せ笑っていた。次に気になったのは、黒髪の目つきの鋭い女だ。こちらはじっとルカばかり見ている。

もう一人の明るい茶色の髪をした女性は、一番年長と思われる男の客の腕を取り、楽しげに会話していた。夫婦なのか恋人同士なのか、彼女には相手の男しか見えていないようだ。

自然な感じで、女性達はエスコートしてきた男性と踊り始める。伯爵が楽しそうに踊っている姿を見るのは辛くて、ルカは譜面ばかり見ていた。

一つの曲が終わると、すぐにまたダンス向きの曲が始まる。女性達は別の男性客とパートナーを交代して踊り出した。

伯爵は楽団に近づいてきて、皆の様子を眺めている。昼寝ばかりしている団員も、いつも手が震えている団員も、優雅に頭を下げて絶妙な演奏を続けていた。

やはり伯爵は、特別な魔力をいくつも使えるのだ。人の心を読んだり、初見の譜面で見事に演奏するだけじゃない。老人達に活力を与えることも出来るのだろう。

ダンスの曲が五曲続いた。すると伯爵は演奏を止めるように促す。そしてルカを立たせ、客達に向かって挨拶させた。

「明日から練習するオペラを作曲した、ルカ・ミナルディだ」

ルカは大仰に腰を屈《かが》め、古くさい挨拶をする。すると赤毛の女が近づいてきて、ルカの顔をまじまじと見つめていった。

「可愛い小鳥だこと。伯爵、また見つけたのね」

「可愛いだけじゃない。譜面を見たら、彼の才能がどれほど豊かか分かるだろう」

「それは楽しみだこと。こんなに可愛い小鳥なら、ぜひ私のサロンに欲しいけど、どうせ伯爵は譲ってはくださらないんでしょ？」

そこで伯爵は笑顔になってただ頷いた。すると黒髪の女が、いきなり近づいてきて恐ろしいことを口にする。

「伯爵、危険ですわ。また同じようなことになりそう。始めによく教えておかないと」

「というと？　レディ・ナナ、彼には何かあるのだろうか？」

「嫌な血が……気をつけなさい、ルカ。岩場に近づいては駄目よ」

岩場などに近づくことがあるだろうか。今は夜遅くまで、伯爵に会うために起きている。霧深い早朝の散歩などしていないから、危険な場所に行くことはなさそうだ。

「レディ・ナナの予感はよく当たる。ルカ、注意するように」

「はい……」

伯爵がだめ押しするくらいだから、本当に当たるのだろう。だったら絶対に岩場に近づかないことだ。そのためにはどうするか。城から出なければいい、それだけのことだ。

「音楽室に譜面が用意してある。明日は歓迎の武術大会だから、練習する時間はとれそうにない。今夜のうちに、ぜひ譜面に目を通しておいてくれ」

それを訊いて客達は音楽室に移動を開始する。するとすぐに伯爵は、団員に向かって言った。

「ご苦労だった。練習は明後日《あさって》からだ。今夜はゆっくり休むといい」

全員がそこで椅子から立ち上がり、伯爵に恭しく頭を下げた。ルカも頭を下げ、今夜使った譜面を片付けようとしていたら、そこに医者が現れた。

「伯爵……ご用意いたしました」

「そうか、ではルカ。そこはそのままでいい。居室に移動しよう」

さりげなく言われたので、何も考えずにルカは伯爵に従う。居室と言うから自分の部屋に戻るのかと思ったら違っていた。伯爵は階段を上がっていく。そこはまだルカが一度も入ったことのない階層だった。

「あの男とは、意外だったな。料理長は鼻がいいのか？」

「そのようです。庭番のアランを連れてきたのも料理長ですから」

「では今度から、料理長に人選を一任させればいい」

伯爵と医者の会話は、聞こえていても意味が分からない。ただ庭番というのが、大きな犬を連れていた大柄な男のことだというのだけは分かった。

「効果はどうだ？」

「試験の段階で大変なことに……」

「そうか……子爵夫妻も喜ぶだろう」

仲のいい二人はやはり夫婦だった。黒髪のレディは予知能力があるから、ルカのことが気になってじっと見つめていたのだろう。あの不気味な発言をした後は、もうルカにも伯爵にも関心がない様子だった。

ではあの赤毛の美女は、伯爵と特別な関係ではないのか。今宵《こよい》、伯爵の居室に呼ばれることはないのだろうか。それとも伯爵が、彼女の部屋を訪れるのかもしれない。

ついに伯爵の居室に入った。入り口の扉は二重になっていて、医者が先導して重たい扉を開いていく。中に入ると、伯爵の体に染みついている花の香りが微かにした。

分厚いカーテンが、天井から床まで下がっているので、どこが窓なのかも分からない。思ったより派手な装飾などはなく、置かれている長椅子も古いが落ち着いた感じのものだった。

「こちらにご用意を……もし効果がないようでしたらお知らせください」

「効果があっても、結果を知りたいのだろう？」

医者は小机の上に置かれた、銀のトレイを示す。小さなグラスが一つ乗っていて、その中には赤ワインが入っているようにしか見えなかったが、医者が恭しく勧めているところを見ると、何かの薬草を煎《せん》じたものだろうか。

伯爵は一気にグラスの中身を飲み干す。すると医者は満足そうに頷いて、空いたグラスを手にして部屋を出て行った。

「悪夢は見なくなっただろう？」

さらに部屋の奥へとルカを誘いながら、伯爵は訊いてくる。

「はい、そういえばこちらに来てから見なくなりました」

正確には伯爵に会ってから見なくなったと言うべきだろうか。

「あの……今日いらした方達と、お話とかなさらないでいいのですか？　曲ももう完成しましたし、これ以上手を入れるところもないと思いますから」

「そのために呼んだのではない。服を脱いで……寝台に」

「えっ……」

いつもこうだ。伯爵はルカの考えの先を行く。今夜は彼女と過ごすのではないかとの不安を、一気に解決してくれたのだ。

けれどルカには、まだ心の準備が出来ていない。抱かれてキスをしただけで、簡単に果ててしまうほど初《うぶ》なのだ。

寝室は暗い。そんな中、周囲を黒い分厚い布で囲われたベッドを伯爵は示す。

「この島が気に入っているのは、私の眠りを妨げるものがないことだ」

ゆっくり眠れないというのは、確かに問題だ。この暗い部屋でベッドに横たわったなら、静けさで安眠出来るだろう。

ベッドのシーツの下から、花の香りが濃厚に立ちこめている。どうやら乾燥させた花を敷き詰めているらしい。そんなことを考えながら、ぼんやりとベッドを見つめていたら、伯爵がいきなりルカの上着を引きはがしにかかった。

「破いて欲しいのか？　そんなことをするとエナードの仕事が増えるだけだ」

「あっ、す、すいません。こんなとき、どうしたらいいのか分からなくて」

「頭では分かっている。やり方を知らないというのは嘘だ。問題なのは、ここで私に抱かれた後、もう用なしになって追い払われるという恐怖だろう」

上着を脱がせると、続けて伯爵はルカのシャツを脱がしにかかる。その手が一瞬止まり、伯爵はぶるっと身を震わせた。

「これは……効くな」

「何を召し上がったのですか？」

「媚薬《びやく》だ。誰かと共寝するのに、必要なのでね」

「では薬効をお試しになりたかったのですね。レディと楽しむ前に……」

嫌なことを口にした。けれど言わずにはいられない。伯爵の淡々とした態度から愛は感じられなかった。なのにルカを相手にしたのは、媚薬の効き目がどれほどか試すためだとしか思えない。

「人の心が読めるというのは、ときに厄介な問題を引き起こす。相手が殺意を抱いているときは助かるが……」

伯爵には何も隠せない。服を着ていても裸でいるのと同じだ。隠したくても知られてしまう。ルカの落胆ぶりは、すべて伯爵に知られてしまっている。

「なぜ好意を隠す？　ルカは毎日、私のことばかり考えている。抱かれたいとも思い始めたではないか？　あのレディ達のことが気になるようだが、彼女らは私にとってそういった対象ではない。子供のようなつまらない嫉妬で、自分の思いを曇らせるな」

「でも……」

伯爵がルカを抱きたいと心底思ったというのか。けれどルカは、自分が伯爵に相応しいとはとても思えないのだ。伯爵は特別過ぎて、ルカの理解の範疇《はんちゅう》を超えた存在だ。そんな伯爵に望まれても、単なる性欲の解消相手として見られているだけだと怯えてしまう。

「おかしいぞ、ルカ。私が何者なのかよく分かっていないのに、そのことで恐れてはいない。ルカが恐れているのは……」

シャツが脱がされた。そして伯爵はルカを寝台に座らせ、今度は靴を脱がせ始める。そんなこと自分でやりますと言えなかった。ルカは魂が抜けた人形のようになってしまったのだ。

伯爵のことは何も分からない。なのにどんどん惹かれていく気持ちを、抑えることが出来ないのだ。これももしかしたら、伯爵によって心を繰られた結果なのだろうか。

「ルカが恐れるのは、愛されなくなることだけだ」

「そうです……ここであなたに抱かれたら、僕は……僕は、もっとたくさんの愛が欲しくなります。

貪欲な魔物になって、あなたを傷つけるかもしれない」

ルカは両手で顔を覆い、泣きそうになった顔を隠そうとした。その両手を伯爵は握りしめ、無理矢理顔から引き離す。

「愛とは何だ？　私は、とうに見失った」

「なのに、僕を抱くのですか？」

「そうだ。私の楽しみのために、誰かが必要だとしたら誰がいい？　この島で、今私を一番求めているのはルカ……だから抱く。それではいけないか？」

正しい愛の姿なんて、ルカも知らない。伯爵が好きでたまらないのなら、愛されていなくても抱かれるだけ幸せだと思うべきだ。

「私がこの寝台に誘うのは、誰でもいいというわけではない。容姿や魂の美しさ、さらには私への絶対愛を持つものだけだ」

ベッドに横たえられたルカは、見つめている伯爵の顔に悲しみが溢れていることに気がつく。

まさか本当に伯爵は長生きで、あの絵の中の若者と愛し合っていたのだろうか。だとしたらこの悲しみの意味は分かる。

いつか枯れてしまう花。

ルカはそう思われているのだ。

「あの人のことを思っていらっしゃるのですね」

「なぜ、あの絵が私だと思う？　それをおかしいと疑わないのか？」

「なぜでしょう。僕にはあまり意味がないんです」

伯爵が何百年生きていようと、人の心を読む魔物だろうと、そんなこと自体はあまり関係ない。それよりも目の前にいる伯爵が、どれだけ自分を愛してくれるのか、それだけが最重要に思えてしまうのだ。

着ているものを脱ぎ始めた伯爵は、じっと見つめているルカの頰を、時折指で撫でる。そうされるだけで、ルカは何年も愛撫《あいぶ》され続けたような幸福を味わっていた。

「魂とか、そういうものは知りません。けれど思ったんです。もしかしたら僕は、あの人の生まれ変わりでしょうか?」

「そんなことはない。魂は一人一つだ。死と共に、すべては消える。再生されることはない」

はっきりと言い切るからには、伯爵はそう信じているのだろう。ルカの心に、庭園に咲く花が思い浮かぶ。枯れた花はもう戻らない。新しい花を、伯爵は今見つけたのだ。

「似ているからというだけで惹かれたのではない。私が惹かれる要因を、すべて満たしているから惹かれるのだ。ただここしばらく媚薬の必要を感じるほどの相手には、巡り会えなかった」

ほっそりと痩せて見える伯爵だが、脱ぐとジョエルに負けないくらいがっしりとした体軀をしている。その体は、戦うことが普通だった時代の貴族のようだった。

「ああ……あの媚薬はとても強烈だ。体が……燃え始めた」

ルカの手を取り、伯爵は自分の胸元に押し当てる。すると鼓動が伝わってきた。

「ルカ、痛みは取り除いてやろう。これからは私のすることとすべてが、ルカを快楽へと導く」

伯爵の顔が近づいてきてキスになる。もう分かっている。キスされただけで、ルカはおかしくなってしまうのだと。

「あっ……花が」

以前は海に落ちていく感じだった。今は花が咲き乱れた草原にいる。

花を踏みながら伯爵は歩いていたが、ふと立ち止まり足下を見るとそこに小さな花が揺れていた。

僕を見て、手にして、愛してと花は囁き続ける。それがルカだ。

伯爵の指を感じた。小さな乳首に触れ、薄い胸を優しく撫でてくれている。

「もっとだ、ルカ。私のことをもっと考えろ。その心に私の姿が浮かび上がるたびに、甘い蜜を感じる」

「んんっ……ああ」

花となったルカの手は蔓《つる》になって、伯爵の体にまとわりつく。腕に、腰に、足にと絡んでいって、最後には性器にまで絡みついた。

「そこは熱いだろう？」

「はい……」

気がつくとルカの手が、伯爵のものを握っていたのだ。微かに熱を持った性器は、ルカに触れられて喜んだのかふるふると震えている。

「無意味だ……そう思っていたのに、ルカを見ていたらこの感覚を取り戻したくなった。そこに媚薬だ。面白い、時はとんでもない悪戯《いたずら》をする」

ルカの体を俯《うつぶ》せにすると、そこからさらに腰だけ高く上げさせた。その恥ずかしい姿勢に、ルカは思わずぎゅっと拳を握る。

「痛みは与えない」

「は、恥ずかしいだけです」

「羞恥心は取り除かない。それもまた媚薬と同じで、私を楽しませてくれるから」

「あっ、ああああっ！」

その部分に何かがねじ込まれた。それが伯爵のものだとすぐに分かったけれど、本当に痛みは全くなかった。

感じられるのは甘い疼《うず》きばかりだ。ルカの小さな性器の先端からは、もうだらだらと蜜が溢れ出している。

「ああああっ、こ、こんなに、なるなんて」

埋められたその部分から、じわじわと快感が広がっていく。髪の毛一本触られただけで、果ててしまいそうなほどの強い快感だった。

「私を恐れず、愛したことに対するご褒美だ。気持ちいいだろう？」

「あっ、ああっ」

触手に絡まれているのはルカだ。全身を這い回る触手が、次々とルカの体に快感を与えていく。なのにこの前のように、あっさりと果ててしまうことがない。いつまでも終わることなく、果てる直前の状態が続いていた。

「夜中でも私はこうして愛せる。夜明けが来て、仮の眠りが訪れたら、共に眠ろう……」

「んっ…んんっ」

夜明けまでこんな状態が続いたら、ルカの体はどうなってしまうのだろう。きっと伯爵以外の誰とも、愛し合えない体になるだろう。

「あっ……ああ、あんっ」

意識がふっと飛んで、また野原に戻っていた。けれど昼ではなくて、大きな赤い月が花々を照らす夜だった。

そこに立った伯爵の姿ばかりがはっきり見える。

「私は夜に生きるものだ。明日、目覚めてこの部屋を出るときには、扉をしっかり閉めていくように。約束してくれ」

「は、はい……や、約束します」

思わず答えてしまって、ルカは目を開いた。すると伯爵はルカの体の向きを変え、今度は上から見下ろしてくる。

「心地いい。ルカの愛し方は、とても心地いいのだ」

「えっ……」

「ご褒美だ。一度楽にしてやろう」

伯爵の手が性器に触れた途端に、ルカのものの先端から勢いよく飛沫が飛び散る。するとルカは全身で、言葉ではなく別の何かで伯爵の愛を感じた。

「混じりけがなく純粋で、強いものを感じる。私の体はまだ熱い。もっとだ、ルカ。私の心まで温めるのだ」

これ以上、どう愛すればいいのだろう。こういったことの技巧なんてものをルカは知らない。ただひたすら伯爵のことを思うだけだった。


動く度《たび》に甲冑はガチャガチャと騒々しい音を立てる。これでは敵の背後に忍び寄り、奇襲を仕掛けるなんてまず無理だろう。鎖帷子《くさりかたびら》を下に着ているから、重さはかなりあって動くのもままならない。なのにこの姿で馬に乗り、片手で抱えた槍で相手を突き落とさないといけないのだ。

「騎士道が廃《すた》れる筈だ。こんなものを着ていたら、まともに戦うことなんて無理だ。それとも昔の人間は、今よりずっと体力があったんだろうか?」

珍しくも先にアルバートがぼやいていた。体力的にアルバートより優位なジョエルは、ここぞとばかりに余裕のあるところを見せる。

「何だよ、戦う前から負けを認めてるのか?」

「ああ、今回は負けてもいい」

身軽になって戦う剣や弓矢で勝てればいい。どうせ組み手ではジョエルに負ける。負けたところでアルバートには何も失うものはないし、むしろジョエルが勝って賭け金を手に入れるなら、そのほうがずっと嬉しかった。

「けど変だよな。あのレディ達は、菓子が嫌いなのか？　晩餐会《ばんさんかい》はないのかよ。客が来てるのに、食い物はいつもと同じだ。従者の分だけ肉の量が増えたくらいいじゃないか」

ジョエルはそれが何より不満らしい。厨房に山ほど菓子が用意されていて、それをつまみ食いでもするつもりでいたのだろうが、期待は見事に裏切られていた。

中庭に設けられた観客席には、客達がすでに座っている。三人のレディは、戸外にいるのに寒そうな様子も見せず、肩をあらわにしたドレス姿だ。

こういった場では、酒や菓子が振る舞われるものではないのだろうか。なのにお茶の用意すらされていない。煌々《こうこう》と燃える篝火《かがりび》に照らされた客人達は、それでも何だか楽しそうだ。

「おかしいじゃないか。何でこんな試合を、わざわざ夜にやるんだ？　陽に焼けるのがそんなに嫌なのか？」

ジョエルが文句を言いたい気持ちはよく分かる。日中は天気もよく、とても気持ちがよかった。あんなときに戸外で槍試合をやるなら分かるが、わざわざ陽が落ちて、冷たい夜風が吹き始めてからやる意味が分からない。

二人が感じる疑問に、以前からいる騎士達は誰一人として答えてはくれなかった。皆、曖昧な笑いで誤魔化すばかりだ。親切なサムや料理長ですら、まともな返事を聞かせてはくれない。

赤毛の騎士は張り切っている。どうやら自分と同じような髪をしたレディに、贔屓にされているようだ。ここは勝って、いいところを見せたいのだろう。もっとも強力な敵になりそうなアルバートとジョエルが、甲冑をつけての槍試合は初めてだから、簡単に勝てると思われたようだ。

「アルバートとは戦いたくないな。こんな槍で突き刺すより、俺の槍で思い切り突いてやりたいぜ」

ちらちらとアルバートを見るジョエルの目には、欲望が現れている。真似事は許しても、武術大会が終わるまではそれ以上はさせないと言ったからだ。

「もしアルバートが勝ちたいなら、加減してやってもいいんだが」

「そういうことは嫌いだ。正々堂々と戦おう」

「それで……俺が勝ったら、褒美に何をくれる？」

「……キスくらいならしてやってもいい」

そこでジョエルは甲冑をガチャガチャ鳴らして笑い出した。つられてアルバートも笑い出す。こうやってふざけているのは楽しいし、笑わせてくれるジョエルは好きだった。

「アルバート……ジョエル」

声に振り向くとルカがいた。同じ島にいるのに、城内で暮らすルカとは会うことがない。久しぶりに顔を見られて、アルバートは甲冑姿で不自由なのにルカを抱きしめてしまった。

「久しぶりだ。元気か？」

「ええ……」

笑顔でそう答えたが、あまり元気そうに見えない。

「音楽家の爺さん達に虐《いじ》められてるんじゃないか？」

ジョエルもルカの肩に手を置いて、心配そうにその顔を覗き込んでいた。

「いいえ、皆さん、とてもいい方ばかりです。オペラを作曲したご褒美に、個室に住まわせてもらっているので、生活も快適になりました」

「そりゃ凄いな。伯爵には可愛がられてるのか？」

不躾なジョエルの質問に、ルカは顔を赤らめる。それを見たアルバートは、ルカはもう伯爵の手に落ちたなと思った。

「わざわざ応援に来てくれたのかな？」

アルバートは話題を変えるように、明るい調子で訊いてみた。

「はい、ボドウィック子爵ご夫妻が、ジョエルにたくさん賭けてくださるそうです。ですから頑張るようにと、伯爵がおっしゃってました」

「俺に？　新人だぜ。そんなに気前よく賭けちまっていいのか？」

困ったように言ってはいるが、ジョエルは嬉しそうだ。勝てば約束されている給金以外に、金を稼ぐことが出来るのだ。新大陸で成功するために少しでも多く資金が欲しいジョエルとしては、ありがたいことだろう。

「アルバートに賭けてるやつはいないのか？」

「残念ですが、アルバートは馬上槍試合では人気がありません」

ルカは申し訳なさそうに言う。人気がないとはっきり言われると、最初から勝負に興味がなかったくせに、闘志が湧いてくるのはどうしてだろう。

「なぁ、城の中では、レディ達が旨そうな菓子とか食ってないのか？　客が来てるのに、出る料理は相変わらずだ。砂糖漬けの果物を入れたケーキとか、チョコレートとかないのかよ。あったら、こっそり取ってきてくれないか？」

「それは……ないです」

ジョエルはルカにまで菓子の催促をしている。それに困惑しているのは、ルカも見たことがないからだろう。

「お茶の時間がある筈だ。ルカは招待されなかったのかな？」

アルバートの知識では、レディというものはお茶の時間をもっとも重視する生き物の筈だ。他愛のない噂話をしながら、温めたミルクと砂糖を入れた紅茶を何杯も飲む。お茶に男性を誘うこともよくあることで、音楽家となれば呼ばれて当然のように思えた。

「そういった時間があるのか知りません。僕は、ずっと部屋にいたので」

誰の部屋にいたのだ。ルカは小声になり、俯いてしまったので、どこにいたのかすぐに分かってしまった。

「何だよ、伯爵とずっと一緒にいるのか？」

ジョエルは遠慮がない。思ったままを口にしている。

「い、いえ、伯爵は日中は休まれているので」

「魔物だからな、しょうがないよ」

さらりと冗談のようにジョエルは言ったが、ルカの顔は一瞬で青ざめた。

「伯爵に何かおかしいことをされてるんじゃないだろうな」

心配になって、アルバートの口調はついきつくなる。

「そんなことはありません。ただ、考えていることをすぐに読まれてしまうので、恥ずかしいだけです」

「恥ずかしいようなこと考えるからだろ」

ジョエルが笑いながら言うと、緊張した雰囲気はかき消えてしまった。

「気持ち悪いよな。考えてることや、誰にも話したことなんてないのにずばずば言い当てられるとさ、ぞっとする。伯爵にしてみれば、自分を好きなやつと嫌いなやつがはっきり分かって、かなり都合がいいだろうけど、俺は嫌われてるからな」

ほんの少し話しただけで、アルバートでさえも伯爵に惹かれた。なのにジョエルは伯爵が嫌いなままだ。忘れたい過去を蘇らせた伯爵に対して、強い嫌悪感を抱いたからだろう。

「ルカは伯爵のお気に入りなんだろ。俺のためにも、もっと菓子を作らせろって伝えてくれ」

「分かりました。作曲したご褒美に、お菓子をねだることにしますね」

愛らしい笑顔になると、ルカは二人の側から静かに離れていく。その後ろ姿をじっと見つめていたら、槍でいきなり頭を叩かれた。

「な、なんだっ！」

「伯爵に取られて悔しいのか？　やっぱりルカが好きなんだろ」

「ジョエルだって心配しただろう。元気がない。生気を吸い取られてるみたいだ」

「別のものを吸い取られ過ぎて、元気がないんだろ」

冗談として笑えない。もしそれが原因で元気がないのならいいが、アルバートにはルカが何かに取り憑かれているように思えてしまったのだ。

「あいつは音楽家だ。俺達とは違うところで、命を削ってる。たとえ短いオペラ一曲だって、作るのには命の半分くらい必要なのさ」

「……そうだな。ジョエルもたまには真実を口にする」

「いつもだろ。しかし、この甲冑ってのは邪魔だな。キスも満足に出来ないじゃないか」

アルバートは苛立つジョエルの頭から冑《かぶと》を外して

やると、自分も同じように外して、自ら率先してキスをした。それにはさすがにジョエルも驚き、呆然としている。

「お祝いの先払いだ。どうせジョエルが勝つ」

「あ、ああ。こうなったら、何が何でも勝たないとな」

いつだってジョエルのほうから積極的に迫ってくるくせに、アルバートから近づくと照れてしまうのはどうしてだろう。こんなときには伯爵の能力が羨ましいが、やはり相手の想いに謎があったほうが楽しいようだ。少し顔を赤くしたジョエルの頬を、今度は思い切りつねってやることにした。


キスの呪いは効いたらしい。ジョエルはおおかたの予想どおり、最終戦まで勝ち残った。同じように残ったのは赤毛の騎士、ここ三年、武術大会で勝ち続けている男だ。

サムはジョエルに賭けたらしい。使用人達の観覧席で、大声を上げて応援してくれている。アルバートも最終戦の一歩手前までいったが、赤毛の騎士に負けてしまい、何人かを激しく失望させていた。人気がないと言われたが、思ったより賭けてくれた人間もいたようだ。

槍試合はそう簡単に勝てるものではない。重い甲冑を着て馬に乗り、思い切り走らせながら手にした槍ですれ違いざま相手を突く。向こうも全力で馬を走らせているから、槍が当たれば受ける痛手はかなりのものだ。

ジョエルは初めてなのに、数日練習しただけでこつを掴んだ。生来の運動能力の高さと、敵の攻撃に怯まない剛胆さが強さに結びついたのだろう。

最終戦の前になって、もう出場する必要がなくなったアルバートにも、やっと周囲を見回す余裕が出てきた。そして気がついたのが、やはりジョエルが拘るように菓子のないことだった。

使用人の観客席では、ビールやワインが振る舞われている。軽食として肉詰めのパイや、油で揚げた魚や芋が出されていた。

そしてもう一つの使用人席では、年老いた楽団員達が焚き火をしながら沸かした湯で、お茶や温めたワインを楽しんでいる。彼らもパイやビスケットを食べていた。

けれど特別席にいる伯爵と客人の席では、誰も何も食べない。伯爵の横に座っているルカも、あれでは自分だけ何かを口にするのは難しいだろう。もっとも心を読める伯爵のことだから、ルカが少しでもお茶を飲みたいと考えたら、ただちに用意させるだろうが。

やはり気になるのは、何も口にしない客達だ。ジョエルは菓子のことばかり気にしているが、ワインやお茶すら口にしないで、夜風に吹かれて平然としている彼らの姿にアルバートは強い違和感を覚えた。

特別席でもゾーイだけは、こっそり隠れて強い酒を飲んでいる。医者と仕立屋の頭《かしら》も特別席にいるが、二人は全く何も口にしていない。

ついに一人の老人が、ルカのところにお茶を運んでいった。それに対してルカが喜ぶと、あまり表情に変化のない伯爵だが優しい顔になっているような気がする。

「おかしい……何かが違う」

あの伯爵だったら、旨い酒を好みそうだ。毎回、船荷の中にはワインやラム酒、ウィスキーが山ほどある。自家製のビールも造っているし、飲みたいと思えば何でも飲めるのだ。

なのに飲まない。そして食べない。

アルバートの中に、彼らに対する疑問の答えが浮かんできている。けれどとても口には出来なかった。

「誰もおかしいとは思わないのか？」

使用人達は、酔いも手伝ってか陽気に騒いでいる。新しく来た者が何の疑問も抱かないのは分かるが、サムのようにもう何年もここにいる者が、何も疑っていないようなのが不思議だ。

「それとも……異端と知っていて、仕えているんだろうか」

ここは神のいない島だ。聖職者もいなければ教会もない。日曜のミサは行われず、賛美歌を聴くこともなかった。

けれど誰もが楽しそうだ。年寄りの楽団員は火を囲み、さらにマントや肩掛けで寒さをしのぎながら、静かに歓談している。使用人達の中から、それぞれ贔屓の騎士の名を使った替え歌の大合唱が始まった。

「戦地にはない、平和な夜だ」

ここ何年、こんな平和な雰囲気に浸ったことはなかったような気がする。これが続いたら、いつかサム達のように本土には帰りたくないと思うようになるのだろうか。

いよいよ決戦だ。ジョエルと赤毛の騎士は、馬に乗って応援席の前をゆっくり進む。すると歓声は一際大きくなり、皆が手を振り始めた。

アルバートは試合を終えた騎士達といたが、その側を通るときジョエルは、皆に見られているのも構わず投げキッスをしてくる。それを見て、皆は口笛を吹いてさらに大騒ぎしていた。

ジョエルが怪我をしないようにとアルバートは祈った。けれどその祈りは、誰が聞いてくれるのだろう。ここに神はいないのだ。

決勝戦開始の旗が振られる。それぞれの馬が、地響きを立てて走り始めた。そしてすれ違いざま、手にした大きな槍で相手の体を突く。

二人とも外さなかった。相手の体に槍の当たる音が響く。けれど次の瞬間、赤毛の騎士は落馬していた。ジョエルは持ちこたえ、勢いよく走っている馬の向きを急いで変えている。

「サムは儲けたな……」

同じようにジョエルに賭けていた子爵夫妻は、手を叩いて喜んでいた。

これで今夜の試合は終わりだ。別の日に他の競技を行い、すべて終わってから表彰式と賞金授与があるということだ。もう時間はかなり遅い。明日は全員、いつもより起床時間が遅くなりそうだ。

重たい甲冑を外し、ジョエルが戻ってくるのを待つ。しばらくすると興奮したジョエルが戻ってきて、甲冑も脱がずにいきなり抱きしめてきた。

「勝ったぜ。赤毛野郎を突き落としてやった！」

「おめでとう。私からのお祝いは、もう支払い済みだ」

「けちるなよ。もう一回くらいしてくれてもいいだろ」

「一回？　それで済むのか？」

笑いながらジョエルが甲冑を脱ぐのを手伝った。

「まだ酒は残ってるかな？　試合に出るやつは飲めないなんて不公平だ。今から貰いに行こうぜ。二人で祝杯だ」

慌てて甲冑を脱ごうとするせいで、かえってジョエルは手間取っている。そうなるとおかしくて笑いが止まらない。

ふとアルバートは、自分が幸福なことに気がつく。国への忠誠、生家の名誉回復、そんなものによって感じてきた重圧が消し飛んでいた。

目の前にいる陽気な男が愛《いと》しい。まるで少年に戻ったかのように、こうしてジョエルと笑い合っているのが幸せなのだ。

「褒賞金を与えるそうだ。ついてこい」

背後から幽鬼のような形相で現れたゾーイが、いきなり命令口調で言ってきた。

いつも不機嫌そうなゾーイの気持ちが、今なら少し分かる。伯爵の単なる雑用係でしかないのに、ゾーイはいつでも自分だけが特別な存在だと思い込みたいのだ。

実際は島民に人望があるのはサムや料理長だ。人気があるのはやはり騎士達で、いつでも皆に注目されている。敬愛しているのだろう伯爵は、ルカが来てからは彼ばかりを寵愛していた。

だからといって、ゾーイに何が出来るのだろう。もう少し人当たりがよく、誰にでも親身になってあげられるような男なら、雑用係といえども尊敬されたかもしれない。それが出来ないで、ただ偉そうにしているだけではいつまで経っても嫌われ者のままだ。

「ビールを一杯、引っかけてからじゃ駄目か？　パイの残りもまだあるんだろ？」

「ふざけるな。伯爵様の命令だ。一度試合に勝ったぐらいで、調子に乗るな。素直に従え」

ジョエルはあからさまに不機嫌そうな顔になる。そして手を伸ばして、今にもゾーイの襟元を摑みそうになっていたから、アルバートは慌てて抑えた。

「せっかく褒賞金をくれるっていうんだ。ワインとパイは私が部屋に運んでおいてやるから、そんなことで怒るな」

「ああ……いい気分が台無しだ」

アルバートを抱き寄せ、ジョエルはどうにか怒りを収めようとする。するとゾーイは、にやにや笑いながら言った。

「負けたのにおまえも呼ばれている。二人してすぐに来い」

「えっ？」

大きく仰《の》け反《ぞ》って、ジョエルがため息を吐いた。

最後まで戦っていたジョエルは、皆と違って酒も料理も楽しんでいない。さすがに気の毒だったが、ここは言い聞かせるしかない。

「新大陸の資金だ。何ヶ月分もの給金が手に入る。次は私だ。剣の試合なら負けない」

「そうだ、そうだな。アルバート……一緒に、新大陸に行ってくれるだろ？」

「そうだ。だから私も頑張るから」

「んっ……」

やっとジョエルは機嫌を直し、アルバートと共にゾーイの後に従った。

「風呂にも入ってないぜ。レディの前に出るのに、まずいんじゃないか？」

「そんなことは誰も気にしないから、安心しろ」

汗で汚れたシャツの上に、上着を着ているだけだ。夜の寒さが体からどんどん熱を奪い、城内に入る頃には寒気に体を震わせていた。

客の部屋がある最上階まで階段を上っていくが、夜の城は二人とも嫌いだ。この世のものではない、独特の雰囲気に包まれているせいだった。気持ちが沈んでいるからか会話もない。いつもおしゃべりで陽気なジョエルが黙り込むと、まさに傭兵そのものといった感じになった。

驚いたことに、呼ばれた子爵夫妻の部屋にはルカも招待されていた。けれど相変わらず、お茶や酒でもてなすことはないようだ。洒落たテーブルには、グラス一つ置かれていなかった。

「素晴らしい活躍だった、ジョエル・デュナン」

そこにいた伯爵の言葉には、賞賛が込められていない。そう感じるのはアルバートだけだろうか。一応騎士らしく、二人は腰を屈め、頭を下げて礼をする。その後でなぜか椅子を勧められ、子爵夫妻の前に座らせられてしまった。

「褒賞金だ。子爵夫妻に感謝するように」

伯爵はルカに革袋を渡し、それをジョエルに渡すように指示する。ルカは頬を紅潮させ、踊るような足取りで近づいてくると、ジョエルに重みのある袋を差し出した。

受け取ったジョエルは、いつもの人懐っこい笑顔をルカに向ける。ルカは祝福のキスをすると、楽しそうに伯爵の側に戻っていった。

ルカが伯爵の寵愛を得ているのは、誰が見ても明白だろう。愛されるのはいいが、気まぐれですぐに捨てられるようなことがなければいい。アルバートは兄のように心配してしまう。

「ああ、伯爵、もうたまりませんわ。本当に彼は狼《おおかみ》の一族なんですの？」

突然夫人が駆け寄り、跪《ひざまず》いてジョエルの足を抱いてきた。まさか椅子から立ち上がって逃げ出すわけにもいかず、ジョエルは困惑した様子で伯爵と子爵に救いを求めた。

「そうだ、子爵夫人。昨夜、私がその効力を試している」

だが伯爵は夫人の無礼を咎めるでもなく、意味のよく分からないことを口にしていた。

「何年ぶりかしら……この獣は、逞しいわ」

夫人はレディらしからぬ強い力でジョエルの上着を脱がしてしまい、シャツを大きく切り裂き始めた。

「申し訳ないですが、子爵夫人。俺は夫のあるような方と、そういったことはしません。いや、そもそも女性とは、そういうことはしないんです」

レディを力ずくで払いのけるわけにはいかないだろう。ジョエルを助けるべく、アルバートが立ち上がりかけたとき、子爵が椅子から立って近づいてきた。さすがに夫人の恥ずかしい行動を咎めに来たのだろうと思ったら違っていた。

子爵は指を鳴らして自分の従者を呼び寄せ、背後からジョエルを羽交い締めにさせたのだ。

「な、何するんだ。あんたらのおもちゃになる気はねぇよ。恋人の目の前で、俺に恥をかかせるつもりか？　これが優勝者に対する褒賞なのかよっ！」

「手を放せ、ジョエルを自由にしてくれ」

助けようとしたが、次の瞬間アルバートは喉に短剣を突きつけられていた。

「子爵、騒がせてすまない。この者達には、まだ自分らがどういう存在なのか教えていないのだ。今夜が初めてとなる」

伯爵はアルバートの腕を取り、ジョエルの正面に移動する。いったいいつ、どうやってアルバートの背後に回ったのか。しかも短剣まで抜いているのに、全く気づかなかったのだ。

「ジョエル・デュナン。愛しい恋人を怪我させたくなかったら、静かにしていろ。ジェフリー卿はおまえとは違う。傷がすぐに治ることはないし……そうだな、私の動きがまずかったら、命そのものも失いかねない」

「アルバート！」

立ち上がろうとするジョエルを、今度は子爵が上から押さえつけた。色白でやたら唇の赤い、女性的な印象の子爵なのに、屈強なジョエルを苦もなく押さえつけている。

彼らは何か別の生き物だ。

いや、生き物ではない。魔物と呼ぶのが相応しい別の存在だ。

そうアルバートが思った瞬間、子爵夫妻は同時に左右からジョエルの首筋に噛みついていた。

「あっ！」

がたんと音がして、誰かが床に倒れた気配がした。そっとそちらに視線を向けると、ゾーイが慌ててルカを抱き上げ、長椅子に運んでいる。

気を失えるルカが羨ましい。ジョエルが魔物に食われているのに、アルバートは指一本動かせずにいた。

「あっああ、ジョエルを、どうか、殺さないでくれ」

それしか言えない。抵抗も出来ない。ジョエルが苦悶《くもん》の表情を浮かべて、されるままになっているのを見ているしか出来なかった。

「安心しろ。死にはしない」

「でも……」

「あの男は……狼の一族だ。明日の朝にはもう、傷口は消えている」

「でも、でも、何をしてるんだ？　食べてるのか？」

そこで伯爵は短剣を離し、いきなりアルバートの首筋に噛みついてきた。

神はいない。この島には、神は必要ない。なぜならここに住まう王は、夜に生きる魔物だからだ。

彼らは人と同じものを食べない。人の血を吸って飢えを満たす。特に若くて健康な男が好みのようだ。崇高な精神と強靭な肉体を持つ騎士が、彼ら、ヴァンパイアにとっては極上のご馳走だったのだ。

「アルバート、アルバート、殺すな、止めろ、止めてくれ。俺の体中の血を採っていい。だからアルバートを殺さないでくれ！」

悲痛なジョエルの叫び声が聞こえる。視界ははっきりしていて、ジョエルが二人から血を吸われているのが見えた。

不思議と噛みつかれた場所の痛みはない。だが体から熱が奪われていくのか、凍えるような寒さを感じた。

このまま死ぬのか、それとも自分もヴァンパイアになってしまうのか。

ほんの少し前までは幸福だった。ジョエルの愛を受け入れた自分がいて、初恋の最中の少年のように、ジョエルといることを楽しんでいたのに、何もかもが終わってしまったようだ。

アルバートは目を閉じ、脳裏に広大な新大陸を思い浮かべる。どこまでも広がる平原は土が赤茶けていて、おかしな形の山があるそうだ。そこには毛だらけの大きな牛や、鬣《たてがみ》のないライオンもいるという。

ジョエルと二人、馬に乗ってどこまでも駆けていきたい。そうして走って行く土地が、すべて二人のものだといい。

けれどすべてが夢のまま終わった。命が失われていく寒さにアルバートは震え上がり、絶望に心を凍らせていた。

「たかがワイングラス一杯ほどの血だ。死ぬことはない」

伯爵は体を離し、冷たく言い放つ。アルバートの全身から力は抜け、へなへなとその場にうずくまってしまったが、ありがたいことにまだ死んではいなかった。

「一度牙を立てられたからといって、ただちに同族になるようなこともない。恐れているようなことになるのなら、この島は死人と魔物だらけになってしまう」

「あ、ああ……ジョエルは」

今頃になって、傷口がずきずきと痛み始めた。ジョエルは気を失ったのか、椅子に座ったままぐったりしている。その首筋には左右に同じような歯形が付いていて、うっすらと血が滲んでいた。

「ジョエル……生きてるか？」

よろよろと立ち上がり、ジョエルの側まで行って抱きついた。微かに息をしていて、その体はまだ温かい。

「よかった、生きてる……」

ジョエルはやっと目を開き、アルバートを見ると無言で頬を撫でてくる。

「立てるか？　部屋に戻ろう……」

「んっ……」

二人で支え合って、どうにか立ち上がった。ルカのことは心配だったが、伯爵に寵愛されている以上、命を奪われることはないだろう。

落ちていたジョエルの上着を拾い、二人して部屋を出て行く。見送ってくれるような親切な者は一人もいない。

階段を下りるのも、何度か休まないといけなかった。これはただ血を失っただけではない。命そのものを吸い取られたかのようだ。

「朝になったら、木の杭《くい》を持ってあいつらの寝室に行こうか」

やっと口を開いたジョエルは恐ろしいことを口にする。

「どいつがヴァンパイアだ？　医者もそうだろうな。まとめてみんな灰にしちまおうぜ」

「それは……駄目だ」

なぜだろう、ひどいことをされたというのに、伯爵を殺すという考えが全く浮かばない。ルカを人質に取られているせいだろうか。いや、ルカはそもそも人質ではないだろう。では心を支配されたのかもしれない。その可能性はありそうだ。

「何で駄目なんだ……。アルバート、もしかしておまえもやつらの仲間なのか？」

「えっ？　何を言ってるんだ。そんなことある筈ないだろう」

ジョエルは疑っているのか、アルバートの体を突き放してじっと見ている。

「私もやられたのを見ただろ？」

「ああ、だが伯爵の忠実な僕かもしれない。ゾーイみたいにな」

「やめてくれ……ジョエルに疑われるなんて最悪だ。確かに助けられなかったのは、私の責任だ。だけどどう戦うんだ。相手は人の心を読み、音も立てずに素早く動く魔物なんだぞ？」

気がつけば短剣を手にして背後にいる。あれでは暗殺者も歯が立たない。

日中に眠っているときは、あの力はなくなるのだろうか。だったら簡単に倒せそうだが、未だに成功した者がいないから、伯爵はここにいるのだ。

「アルバート、俺は今からボートを奪って、島を出て行く」

「何だって？」

「これ以上、やつらの餌にされるのはごめんだ。俺には耐えられない」

突然の申し出にアルバートは驚いた。まさかそこまでジョエルの気持ちが追い詰められていたなんて、思いもしなかったのだ。

「やつらは最悪の魔物だが、この島にも一つだけ救いはあった。運命の相手、おまえだ、アルバート。おまえに会えたことが……最高の幸せだったよ」

少しずつジョエルは距離を置き、離れていこうとしていた。アルバートは慌ててジョエルに近づき、その腕を摑んだ。

「私が伯爵の部下だと誤解しているのか？　そんなことはない。私だって、あんなことになるまで、やつらの正体を知らなかったんだ。この島にはいないのかもしれないが、神に誓ってもいい」

もう一度神に祈らねばならなかった。どうかこの愛しい男を、荒れた夜の海に放り出すようなことをしないでくれと。

「伯爵に血を吸われたときに、なぜか新大陸が見えた。馬に乗って、二人で平原を走っていたんだ。あれは夢じゃない。もう夢じゃないんだ、ジョエル、二人で現実にしよう」

「無理するな……それはおまえの夢じゃない。俺の夢だ」

「二人の夢だ。ジョエル、もう拒んだりしない。神に祝福されなくてもいい。君と結ばれて、そして新大陸に二人で行く。だからジョエル、一人で死ぬような真似はしないでくれ」

「またあんなことをやらせろって言うのか？　この体を食わせろって？」

やらせないためには逃げるしかないだろう。けれどどこに逃げるというのだ。狭い島の中、逃げ場はどこにもない。

「赤毛の騎士は、何年も勝ち続けている。その間に何回も、血を吸われたりした筈だ。だけどジョエルと対等に戦えるほどの体力があるし、ヴァンパイアにもなっていない」

「だからって、これからもずっと俺達が無事だって保証はないぜ」

「そうだ。だからこそ、元気な今のうちに島から脱出する方法を考えよう」

伯爵は魔物だが獣ではない。誰よりも明晰《めいせき》な頭脳を持っている。平和裏に交渉すれば、あるいは出て行くことを許してくれるだろう。

けれど気になることが一つある。ジョエルが狙われたのが、槍試合の優勝者という理由だけではなさそうなことだ。それはジョエルの傷の治りが特別早いことを、伯爵がすでに知っていたのと関係があるのだろうか。


またゆっくりと二人で歩き出す。夜の寒さが自然と二人を引き寄せ、体をくっつけて歩くようになっていた。

「なぁ、もし俺が魔物になっちまったら、おまえが俺を殺してくれないか？」

城を出て、宿舎へと続く回廊を歩きながらジョエルは呟く。

「おまえに殺されるなら本望だ。頼む……約束してくれ」

「もしそんなことになったらな」

「それで、俺が持ってる金、スイスにいる兄に届けてくれ」

「んっ……兄さんがいるのか？」

それは初めて聞いた。そういえばお互い、あまり個人的なことは教え合っていない。ここでやっとより深い関係になれたのだ。

「山羊《やぎ》の乳でチーズを作ってる。これが旨いんだ。暖炉の火で炙《あぶ》って、とろりと溶けかけたのなんて最高だ。おまえにも食べさせたかったな」

「いつか行こう。スイスか、行ったことがない。何しろ海軍だったからな。海に接している国にはいろいろと行ったんだが……」

「スイスに海はないからな」

ここでやっと二人は笑えた。城を出た途端、恐ろしい呪縛から解き放たれたのだろうか。

よろよろしていた足取りも、自然としっかりしてきた。部屋に戻る頃には、肉体労働をした後のような疲労感があるだけだった。

「助かった。ずっとこれが気になってたんだ」

ジョエルは嬉しそうだ。小机の上にトレイが乗せられていて、そこにはワインが一瓶とミートパイや揚げた魚、それにわざわざ焼いてくれたのだろう、ラム酒漬けの果物を混ぜ込んだケーキが置かれていた。

「前からいるやつらは、みんな伯爵の正体を知ってたんだな。なのに誰も、俺達に教えなかったのはどういうわけだ？」

すぐにジョエルはケーキを半分に切り、手に持ってがつがつと食べ始める。

「殺すわけじゃない。血を吸われても回復するのを知ってるからだ。職人達にはこの島でも仕事があるが、騎士の本来の役目はこれだったんだろう」

ワインをグラスに注ぎ、アルバートは香りを嗅ぐ。比較的新しいワインなのか、果物らしい香りが残っていた。

「新鮮で……旨い」

一口飲んで思う。伯爵もアルバートの血を吸った瞬間、同じように思ったのだろうと。

「餌になる前に、逃げられたり死なれたりしたら困るからか？　やたら肉を食わせたのも、下心があったからなんだな」

悔しそうに言いながら、ジョエルはグラスのワインを一息で飲み干す。その姿には、さっきまでの気を失った弱々しさはない。

アルバートはジョエルに近づき、首筋に触れてみる。すると穴が開いたように見えていた傷口が、もうふさがりかけていることに気がついた。

「あいつらが連れている従者は、よく乳の出る山羊ってことか」

「ジョエル、そんな自虐的な言い方はやめよう。少なくとも伯爵は、飼っている牛や羊よりも、私達に敬意を払ってくれている」

「そうか？　逃げられない島で飼われているんだ。柵の中で放牧されている羊とどう違う？」

「自分から出て行く自由があるかないかが、大きな違いだ」

伯爵に交渉して、せめてジョエルだけでも自由にしてあげたい。それには何もかも正直に打ち明けるべきだ。自分は王の内偵で、反乱の調査に来たが、伯爵にはその意思がないと伝えるということで、自由にしてくれと交渉することは出来ないだろうか。

「飢えてもいいさ、自由に生きられるなら」

ジョエルがぽつんと呟く。そのとおりだ。そう思うようでなければ、アルバートが愛せる男とは呼べなかった。

ルカが意識を取り戻したのは、伯爵のベッドでだった。シャツ一枚だけの姿で、花の香りのするベッドに横たわっている。思わず自分の首筋に触れてみたが、傷跡はなかった。

どうやらルカだけは何もされなかったらしい。狂乱の宴《うたげ》は終わったのだろうか、穏やかなチェロの演奏が聞こえる。

弾いているのは伯爵だろう。力強い、けれどどこか悲しげな音色だった。

近くにいないのに、伯爵はすぐにルカの目覚めに気づいて話しかけてくる。

「私が異形《いぎょう》のものだと知っていた筈だ。なのに気を失うほど驚くとはな」

「恥ずかしいところをお見せしました。申し訳ありません……」

心の中では伯爵のことを、魔物ではないかと疑っていた。けれどまだどこかに、違っていて欲しいという気持ちがあったのだ。

伯爵は何も迷わず、アルバートの首筋に噛みついていた。ああいった行為をする魔物となったら、ヴァンパイアだろう。

陽の光に弱く、夜にしか生きられない魔物。何も食べず、飲まず、唯一口にするのは人の生き血だけなのだ。心臓に杭を打つ、火で焼く、首を切り落とす、様々な殺し方があるようだが、そういった攻撃を受けない限り永遠に生き続ける。

アルバートとジョエルが死んでしまうのではないかと思って、恐怖のあまり気を失ってしまった。けれど今はもう恐怖はない。代わりに生まれたのは、深い悲しみだ。

永遠を生きる伯爵にとって、ルカは枯れてしまう花でしかないと思い知らされた。

「あの二人なら無事だ。血を少し奪われたぐらいで、そう簡単に死にはしない」

「よかった。いい人達なんです。あのまま死んでしまうのかと思えて、怖かった……けど、もしかしてあの人達も伯爵と同じようになるのですか？」

「その心配はない。誰でも仲間にするほど、我々はお人好しではないからな」

チェロを置くと、伯爵はまだベッドの上に座っているルカに近づいてくる。

「僕の血でよければ……どうぞ」

シャツを脱ぎ、首筋を示す。すると伯爵は、珍しくもはっきりと声を出して笑った。

「ルカ、自分の血にどれだけの価値があると思う？　生み出す音楽には最高の価値があるが、残念なことにその痩せた体の中、僅かに流れている血にはそれほどの価値はない」

「あっ……そ、そうだったんですね」

急いでシャツを着ようとしたら、その手をしっかりと伯爵に握られた。

「ワイングラス一杯ほどの血を飲むと、一週間は飢えを感じない。我々はそんなに貪欲ではないのだ。その献身的な愛は嬉しいが、ルカはまず自分の体をしっかり養わないといけない」

伯爵を喜ばせたいと思ったが、ルカに出来ることといったら曲を作ることしかないらしい。そう思っていたら、伯爵はルカを抱き寄せ囁いた。

「媚薬は五日ほど効力を保つ。その間、私を楽しませろ。それもルカの役目だ」

「はい……」

「不思議だ。気を失うほど動転しただろうに、今のルカの心は穏やかだな」

それは伯爵に抱かれているからだ。がっしりと逞しい男の体なのに、体温はほとんど感じられず花の香りしかしない。生々しさのないことが、ルカには逆に心地いい。この世のものではないから、憧れる気持ちが余計につのるのだ。

「魔物ゆえに私を愛するのか？」

「そうだと言ったら、嫌われてしまいますか？」

ルカの手は、伯爵の胸に触れていた。黒いシャツの下には、驚くほど白い体がある。夜に生きる者達は、陽の光に晒されることなく何年も過ごしているから、肌が白くなっているのだろうか。

海の香りも、陽の匂いもしない体だ。性的に興奮するのは同じなのに、男達特有の体臭というものがない。まるでギリシャの彫刻が、柔らかくなったかのような体だった。


それなのに抱かれているだけで、ルカの体も興奮してくる。

「ルカは心も体も正直だ」

恥ずかしい思いを隠すことも出来ない。けれど知られたからといって、ルカには大胆に迫るようなことも出来なかった。

「この島にずっといる覚悟はあるか」

「はい、いたいです。ずっとずっといたいです。伯爵のお側にいられれば、それだけで幸せです」

珊瑚《さんご》玉のような小さな乳首を、伯爵の指先が弄《いじ》る。するとそこから全身に、甘い疼きが広がっていった。

「ああ……体が……」

「人として生きている間は、こんな欲望に振り回される。我々にはもう必要ない、そう思っていたのに、私もまだ貪欲だな」

いいように弄られていくうちに、ルカの体は重さを失う。気がつけばルカは、伯爵の上に馬乗りになっていた。

「あっ……ああ」

その部分に伯爵のものが当たっている。それをどうすればいいか、分かっているのに動けない。自分からそのものを呑み込むなんて、はしたなくて出来そうになかった。

「どうした……なぜ迷う。それがルカ、私達の関係のすべてだ」

「こ、これが？」

「繋がりたいとは思わないのか？　心はいつも一方的に読まれるだけだ。だが肉体の繋がりは、はっきりとした形で相手の想いが分かる。私は今……ルカを求めている。ルカに対して興奮しているのだ」

「は、はい」

逃げてはいけない。ここで逃げたら、何もかもが白紙になってしまう。愛されたいと願うなら、ルカ自身も変わらないといけないのだ。

そろそろと動いて、伯爵のものを自ら体の中に呑み込んだ。

「うっ！」

痛みはないが、押し入ってくるものの力強さに思わずうめいてしまう。

「んっ……あっ、はっ、はっ」

息が苦しくなってくる。すると伯爵の手がルカの腰に回され、自然と上下に揺するようなことをしてきた。

「あっ、あああっ」

突然、ルカの周りに花が降ってきた。もちろん現実の花ではない。伯爵に抱かれると見えてくる幻影の世界の花だ。

「綺麗な……花」

「美しいものが見えるのは、ルカが楽しんでいる証拠だ」

「花が……また……」

触手が伸びてきて、ルカの体にまとわりつく。するとその先から、また新たな快感がどんどん広がっていって、全身で喜んでいる状態になってしまう。花は甘い蜜を垂らしている。それを必死に舐め取っていたら、いつの間にか血になっていた。

「ひっ！」

慌てて顔を離すと、花は一瞬で消えてしまった。

「それが命のすべてだ。血を受け入れない者には、永遠は与えられない」

怒ったように言うと、伯爵はルカを乱暴に組み敷いて、激しく突き入れてくる。

「あっ、ああっ」

ルカは目を閉じ、また楽しもうと足掻《あが》いた。

血を恐れてはいけない。伯爵を愛するなら、つまらない恐怖心など追い払うのだ。

黒髪の若者が、突然目の前に現れた。彼はルカを蔑むように見つめて呟く。

『人の血を飲むくらいなら、死んだほうがましなんだ』

僕は違う。伯爵に愛されるためなら、どんなことでも受け入れる。そう決意して、ルカは唇を強く噛む。すると自分の体から流れ出た血の味がした。

すぐに傷口は伯爵に舐め取られる。伯爵は恍惚《こうこつ》とした表情を浮かべて、何度もルカの僅かな血を味わっていた。

小さな窓から朝陽が射し込んで、アルバートの顔を照らした。夜は終わったのだ。目覚めたアルバートは、朝が来たことにほっとして大きなため息を吐く。

恐ろしい夜だった。この島の実態を知った今、どうするべきかとアルバートは考える。

王に対して、伯爵はヴァンパイアでしたと訴えるのか。そんなことをしたらこの島はどうなるだろう。聖職者の連中が、聖水と十字架、そして聖書を手にして大挙乗り込み、伯爵とその同胞をすべて退治するのか。

あの人のいいサムや、腕のいい料理長、それに暢《のん》気《き》な騎士仲間らがすべて、異教徒に荷担した者として火あぶりになるのだろうか。

魔女裁判の時代は終わった。そう思いたいが、未だに人々の心から中世の迷信に対する恐怖が消え去ったわけではない。ましてや伯爵は本物の魔物だ。事実が知られたら、聖職者だけではなく、正義を口にする一般の人々も、心臓に打ち込む杭を手にして島を襲うだろう。

島の住人は誰も伯爵を恐れていない。島から出て行く者もいるらしいが、そのうちの誰一人として悪評をばらまいていない。ここではそうやって沈黙することで、長いこと平和が守られてきたのだ。

まだ眠っているジョエルの首筋を見ると、もうほとんど傷跡は目立たなかった。

「……ジョエルの血には何か秘密があるんだろうか」

子爵夫妻の興奮は異様だった。彼らにも人間の従者はいるのだから、それほど飢えているとは思えない。

「獣……そんなふうに言っていたな。特別な血か……医者に聞きたいところだが、彼も伯爵の同胞だろう」

城の回廊から飛んだと思ったのは、見間違いではなかった。彼らには特別な能力がある。伯爵と剣を交わしたときにも感じたが、身軽で重さのないような身のこなしだった。

「敵が島に押し寄せたら、伯爵は戦うんだろうか」

夜には無敵の帝王も、日中は戦えない。飾り物の騎士達では、軍隊が押し寄せたらひとたまりもないだろう。他に何人の同胞がいるのか知らないが、助けを呼ぶのに離島では不利だ。

「俺の寝顔がそんなに見たかったのか？」

ジョエルは目を開くと、いきなり冗談のように言ってくる。アルバートは力なく笑って見せた。

「どうしたらいいのか、分からなくなってきた。やはり王に告発して、伯爵を消すべきなのか。それとも島民のためにも、黙っているべきなのか」

「言うと分かったら、島から出してはくれないさ。それより水と食料をボートに積んで、ここを出て行こう」

「海の藻屑になるだけだ」

「分からないぞ。沖には海賊船とか漁師の舟がいるかもしれない。本土から僅か二日ほどの距離だ。海軍だろ、おまえ。頭に海図はないのかよ」

それを言われるとアルバートも言葉に詰まる。海図は確かに頭の中にあった。磁石があれば、本土までたどり着くことも不可能ではなさそうだ。

「今のうちに行こうぜ。夜になってあいつらが目を覚ましたら、考えを読まれちまうからな」

思いついたら即座に実行するのがジョエルなのだろう。けれどアルバートはまだ戸惑っている。逃亡に成功した者が果たしていたのかどうか分からない。誰もがこの島のことを噂にしないのは、勝手に島から逃げ出したものが、無事本土にたどり着けなかったからではないのか。

「俺と新大陸に行くんだろ？　約束したよな」

「ああ、気持ちは変わっていない」

「だったら逃げよう」

「だが死ぬのは嫌だ」

そこでジョエルは舌打ちすると、アルバートの体をまさぐり始める。

昨夜は何もする気にならなかった。二人とも恐怖を払いのけることが出来ず、ただ抱き合って眠った。

ジョエルはアルバートの倍、血を吸われているのだ。肉体的にもかなり疲弊しているだろうと思ったが、眠りは簡単に彼の体力を回復させたらしい。

「おまえがよく分からない。ここに留まれって言うのは、このままずっとやつらに媚薬を提供しろってことなのか？」

「そうは思ってないが……」

「俺だけ医者に呼び出された夜があっただろう。きっとあのときの血を伯爵に与えたんだ」

そういえばそんなことがあった。ジョエルは戻ってきたとき、また血を採られたと傷を見せてくれたのだ。

「そこでやつらは、俺だけ特別だってことに気がついた。だから伯爵は、あの変態夫婦に俺を賭けの賞品として差し出したのさ」

ジョエルとしては、自分が賞品扱いされたことが屈辱なのだろう。やはり許すことは出来ないようだ。

「俺の体は俺のものだ。たとえ血の一滴だって、俺のためにある。白いのだけは……おまえのものだけどな」

すでに興奮しているものに、ジョエルはアルバートの手を導く。

「あんなことのあった後で、よくそんな気になれるな」

ジョエルが強靭なのは肉体だけじゃない。どうやら精神もかなり強いようだ。

「もう朝だ。魔物の時間は終わりさ。今は俺達の時間だ」

朝陽を手に受けて、ジョエルは笑った。

「約束だ。もう遠慮はしない。俺は、俺流のやり方でいく」

「そういうことをしないと、愛された気がしないのか？」

「そうだな。痛みに耐えて、俺の望むようにしてくれたなら、それで俺は愛情を信じられる。男の体は正直だから、ちゃんと喜んでいるかどうかも、すぐに分かるしな」

いつものようにまず最初はアルバートを楽しませる。そのためにジョエルは、手にオイルを垂らしてアルバートのものをこすり始めた。

「気持ちいいか？」

「そんなことは体に訊け」

正直な体は、すぐに気持ちいいとジョエルに教える。その変化を見て、ジョエルは声を出して笑った。

「俺のこと……好きになっただろ？」

「ああ……」

「素直に認めろよ。おまえは頭で余計なこと考え過ぎるんだよ。物事は何でも単純だ。好きか、嫌いか。駄目なのか、いいのか」

べらべらとしゃべっているのは、ジョエルにも不安があるからだ。伯爵にアルバートを奪われるかもしれない。そうなったら自分には対抗する手立てがないと、ジョエルは怯えているのだ。

「オイルを塗ってやる。瓶を寄越せ」

そこでジョエルはベッドの端に置いている小さなガラス瓶を取り、その中に入ったオイルを少量、アルバートの手に垂らした。

「物事は単純なんだろ？　だったらもっと自信を持て。私は魔物より人間が好きだ。自分以外の人間のことを、初めて好きになったんだから、愛情表現が下手でもそんなに怯えるな」

ぬらつく手で、ジョエルのものを握り、そしてこすってやった。するとジョエルの顔が、一瞬でだらんとゆるんだものになる。

「いいね、アルバートがわざわざ塗って準備をしてくれるのか……」

「不思議だな。海軍にいる間も、大勢の男達に囲まれていたが、こんなことに誘ってきたのはジョエルだけだ」

それを聞いて、またもやジョエルは笑い出す。

「分かってねぇな。海軍じゃ士官様だろ。どんなに恋い焦がれたって、気軽に声を掛けたり出来ないさ。そんなことしたら、銃殺されちまう」

では兵達の中には、アルバートをそういった目で見ていた者もいたということだろうか。

「この島のいいところはそこだな。士官だろうが、ただの兵だろうが関係ない。こうして……好きな男を手に入れられる」

ジョエルは息を荒げながら、アルバートに抱きつきキスしてくる。手の中にあるジョエルのものはより堅くなり、興奮の度合いが高まったことを教えてくれていた。

「もう、真似事じゃ嫌だ……」

「分かった……許そう」

「本当だな。途中で泣き出すなよ」

楽々アルバートの体を俯せにすると、ジョエルはオイルまみれの指でその部分を広げてくる。

「ああ、ついにだ。ついに、やっと、アルバートを俺のものに出来る」

そんなことをしようがしまいが関係ない。ここ数日の間に、ジョエルはぐいぐいアルバートの心の中に侵入してきて、今ではその大半を奪われている。

「いいか、力を入れるな。変に抵抗すると、自分が痛い思いをするからな」

「ああ、分かった」

「優しくだ。そう、優しくするから、じっとしてろ」

そこでいきなりジョエルのものが入って来た。これで優しいのか。アルバートは思わず叫びそうになったが、ここはぐっと堪《こら》えてみせる。

「うっ……うう」

「慣れればこれも気持ちよくなるんだ。な、慣れるぐらい長く、俺のものでいてくれ。おまえ以上の男なんて、そういない。お願いだ、ずっと俺のものでいてくれよ」

「あっ、ああ。これぐらいのことで逃げ出さないから、安心しろ」

「よかった、ああ、よかった」

上ずった声を出すと、ジョエルは激しく動き始める。アルバートはただじっとして、嵐の時間が過ぎ去るのを待った。

「んんっ、あっ、ああっ……ん、ああ、いい」

そうしているうちに、ジョエルは悦楽の声を上げ始める。あまりにも色っぽいそのうめき声に、アルバートもおかしな気分に誘われていた。

「そ、そんなにいいのか？」

「んんっ……最高さ。今更嫌がったって、止めてや

らないぞ。今、一番いいところなんだから」

「そ、そうか」

「んんっ、いいな、あっ、いい」

さらにまた動きは激しくなってきて、波のうねりのようにアルバートの体は動く。まさかずっとこうやって楽しんでいるつもりだろうか。

「ああっ、いいよ、アルバート。最高だ、いい、いいぞ」

何だか不公平に感じる。ジョエルが感じているような悦楽を、いつか自分も手に入れたいとアルバートは思い始めていた。


朝食の後、二人でボートの状態を調べに行くことにした。来客はいずれ帰る筈だが、演奏会が終わるまでもう数日は滞在するだろう。彼らのボートと伯爵のボートが、狭い入江にまとめて係留されていた。

「大きなボートならかなり積める。何より必要なのは水だ」

怖いのは海上で真水を失うことだ。海軍のアルバートには、その怖さがよく分かっている。だからこそボートで脱出するより、伯爵と交渉して平和裏にこの島を出て行きたかった。

けれどジョエルには、そんなアルバートの憂慮は、ただの弱気にしか思えないのだろう。

「やはり無理だ。ジョエルには驚異的な体力があるが、私は少しだけ健康というだけだ」

「ああ、分かってる。海の上じゃ、せっかくのその頭のよさも生きないよな」

「もっと他に手はないかな」

海の怖さをジョエルは知らないのだ。傭兵として何年も戦ってきたが、海軍で戦ったことはない。だから荒れた海がどうなっているのか、水がなくなったとき、人はどれほど絶望するのか、全く知らないだろう。

そのとき、背後で犬の吠《ほ》え声がした。律儀な番犬達は、朝も夜も関係なく、一日中働いているらしい。

「見つかったぞ？」

「いいさ、朝の散歩ってことにすりゃいい」

もう二人の関係は公になっている。今更やる場所を探していたと言い訳することは出来ない。

犬に続いて庭番の男が姿を現した。犬同様、昼夜を違《たが》わず仕事をしているようだ。


「やぁ、朝は気持ちがいいな。二人で遠乗りしていたら、こんなところまで来ちまった」

ジョエルは愛想よくそう言うと、砂地に佇む馬を示す。

早々に銃で追い払われるのかと思った。ところが意外にも、庭番の男はジョエルに近づいてきて、優しくその肩を叩いてきた。

「兄はいるか？」

「えっ？　二人いるけど？　俺は三男なんだが、それがどうかしたのか？」

「そうか。狼の一族についてだが、その秘密は何も教えられていないんだな」

アルバートとジョエルは、顔を見合わせる。昨夜からずっと気になっていたことを、この男が知っているというのは驚きだった。

「俺はアラン、フランスの狼一族の者だ」

「待ってくれ。意味が分からないんだが、その一族っていうのは何なんだ」

「詳しいことは知らなくていい。家長を継ぐ者だけが、知っていればいいんだ。だがこれだけは教えておく。俺達の血は特別で、血を吸う連中には媚薬になる」

そんなことだとは思っていたが、ここはやはり詳しく知りたい。アルバートは前に出て、アランに申し出た。

「その一族って、何なんだ？　まさか狼になるとか？」

「狼になれる者は、一族の中でも五百年に一人しか生まれない。それ以外は普通の人間と一緒だが、よく覚えておけ。間違っても血を吸うやつらの血を貰うな。人間だったら、やつらと同じ夜の生き物になるだけだが、一族の者が飲むと本物の醜い魔物になる」

それを言われて、ジョエルは情けない顔になった。もしかしたら自分は、このまま醜い魔物になってしまうのではないかと怯えているようだ。

「どんな魔物になるんだ？」

力なく言うジョエルに同情するような目を向けながら、煙草のパイプを取り出してアランは吸い始めた。

「半分獣の、全身に毛が生えた醜い魔物になるそうだ。理性も吹き飛び、平気で人を襲って食うようになる」

「よせよ、そんなものになりたくない」

「やつらとこれ以上関わりたくないなら、これを吸え」

火の点いたパイプを、アランは勧めてくる。

「やつらはこれが嫌いなんだ。吸っていれば寄ってこない」

「この間は吸わせてくれなかったじゃないか？」

「あのときは、あんたが一族だって知らなかったからさ。俺だって、やつらが飢えを満たすために血を飲むことまで、反対するつもりはない。魔物だとしても、人の形をしていて知恵もあるからな。だが、媚薬まで提供する気はないんでね」

がっしりした体躯、頑固そうな性格、アランはどこかジョエルに似ている。後二十年もしたら、ジョエルもこんな男になっていそうだ。

「あれは……生きている人間だけの楽しみだ。人でないものになったのに、未練たらしく人間と同じように楽しもうとする。俺は、それが悲しくて……嫌なんだ」

この男は島の住民なのに、伯爵に対してそれほど強い敬愛の念を抱いていないようだ。アルバートは伯爵の前に出ると、つい弱気になって従順になってしまう。けれどジョエルは、恐怖心はあっても自分を保っていられた。やはり狼の一族というのは、精神も特別強靭なようだ。

「あいつら煙草が嫌いなのって、誰に教わったんだ？」

「……医者だ」

「へぇ、意外だな。あいつ、伯爵を裏切ったのか？」

ジョエルはパイプを受け取り、はじめは激しくむせていたが、そのうちどうにか上手く吸い始めた。何口か吸った後、アルバートにも回してくる。けれどアルバートは断った。

「何だよ、ヴァンパイア避けだぞ」

「私は大丈夫だ。二人に必要なものなんだから、大切にするといい」

アランのために誰かが、本土から煙草を買ってくる。ヴァンパイアの嫌うものを、わざわざ買いに行かせるのも大変だろう。

「なぁ、アラン。一緒に逃げないか？　あの大型のボートだったら、三人でも楽に逃げ出せる」

ジョエルはアランに親近感を覚えたのか、脱走に誘っている。

「いや、俺はここにいる。一族の者がまた来たら、助けなきゃいかん。それにボートでは無理だ。波が荒い」

「やったやつはいないってだけだろ」

あくまでも強気なジョエルに、アランは諭すように言った。

「死にたければ、おまえ一人で行け。海軍将校が無事に本土に戻らなければ、軍がここに視察に来る。そうなれば、島の平和は崩壊だ」

「えっ……」

その言葉にジョエルは衝撃を受けたようだ。呆然としてアランを見ている。

「海軍将校、あんたはもう分かってるだろ。伯爵は人の血を飲むが、殺しはしない。むしろ行き場のないような人間でも、大切に護ってくれている。ここには戦禍は及ばない。魔王が支配しているが、ここは楽園なんだ」

やっと明確な答えが見つかった。アランの言うとおりだ。何があってもアルバートは本土に戻り、伯爵が無害な遊び人でしかないと王に報告しなければいけない。

アランは腰に提げている袋の中から、小さな蓋付きの缶を取り出してジョエルに差し出した。

「そのパイプと、この煙草をやろう。それでしばらくは、やつらに血を求められることはない。海軍将校が本気で訴えれば、伯爵は二人の仲を引き裂くことはしないだろう。一緒に、島を出て行けばいい」

「そんなことが可能だろうか」

　アルバートには自信がない。また本土に戻ったら、島の平和など考えもしなくなり、伯爵を裏切るかもしれないと不安になっていた。

「島から出て行く者もいる。そういうとき、伯爵は記憶をすり替えるんだ」

「えっ……そうだったのか、それで、この島の秘密は守られていたのか」

「ああ、だが、俺達一族だけは駄目だ。伯爵でも俺達だけは変えられない。一緒に逃げたければ、ジョエルも秘密を守ると約束するんだな」

　もう言いたいことは言ったというように、アランはヒュッと口笛を吹くと、犬達と共に歩き始める。ジョエルはまだ残っているパイプの煙草を吸っていて、挨拶もせずにぼんやりとしていた。

「よかったな。これでもうジョエルは狙われない」

「そうかな……俺が媚薬として使い物にならないと知ったら、化け物にするんじゃないか」

「そんなことはないだろう」

「どうしてそう言い切れる。やつの正体は、魔物なんだぜ」

　こうして二人で話し合い悩んだことも、伯爵の近くに行ったらすべて読まれてしまうのだ。ジョエルが恐ろしいことを考えてしまったために、それがそのまま伯爵に伝わるのが怖い。

「魔物ならいいが、化け物は駄目だ……」

「そんなことになったら、迷わず殺してくれ」

「ジョエル……」

「願いは叶った。おまえを抱いたし、少しは愛された。それでいいさ」

　思わずアルバートは、ジョエルの背中に抱きついていた。

何があっても失いたくないと、今は本気で思う。こんなに誰かのことを思ったのは初めてだ。この思いを強く胸に刻んでいけば、伯爵も二人を引き裂くことはないと信じたい。

「よくない、それじゃ足りない。ジョエル、ここは伯爵の楽園だ。今度は私達の楽園を見つけよう。それまでは何が何でも生き延びる。お願いだ、自棄《やけ》を起こして、伯爵の怒りを買うような真似はしないでくれ」

「俺を……愛してるのか？」

「そうだな。初めてのことだから、これが愛だなんて確信は持てないけど、そうだ、きっと愛しているんだと思う」

「面倒臭い言い方するなよ。愛してる、それだけでいいだろうが」

くるっと体の向きを変えて、ジョエルはアルバートを抱きしめてきた。そうして抱き合っていると、朝の慌ただしい行為が思い出されて、アルバートの顔は赤くなる。

「ジョエルのことで、頭をいっぱいにしておこう。そうすれば心を読まれたときに、私達の深い関係を分かってもらえるかもしれないだろ」

「そうか、俺はわざわざそんな小細工をしなくても、いつもおまえのこと考えてるぜ」

にやっと笑って言われ、アルバートは軽くジョエルの胸を叩いた。ジョエルもふざけて殴り返してくる。そうしてふざけているうちに、二人ともおかしな気分になってきていた。

「今日はもう鍛錬は終わりにしないか？」

「まだ何もしてないが……馬に乗ってここまで来ただけだ」

「もういいさ。みんな鍛錬を真面目にやってない理由が、これでよく分かった。意味のないことに時間を使うより、俺達にはもっと有効な時間の使い方があるだろ」

ジョエルは強引にアルバートの手を引き、馬の側に近づいていった。

「もう勝手に島から逃げたりしない。後悔しないように、今を楽しむさ」

「そうだな。今は、それしか出来ないな」

アルバートが本土に戻ると言ったら、ジョエルを人質に取られたりしないだろうか。不安は次から次へと浮かんできたが、それらを忘れるためにも今はジョエルの望むままに従おうと思った。

「夜までは自由だ。そうだろ？」

「ああ、そうだ」

陽光が海をきらきらと輝かせている。この美しい世界も目にすることなく、魔物達は眠っているのだ。

「伯爵はいつからこの島にいるんだろう？　ヴァンパイア子爵には奥方がいるが、伯爵にはそういう相手がいなかったよな。寂しくはないんだろうか？」

馬に乗って城に戻りながら、アルバートはジョエルの疑問について考える。そして答えが分かったような気がした。

「伯爵はルカみたいに、子供っぽい純真な男が好みなんだろう。だがそういう人間は、魔物には耐えられない。ルカみたいな変人は、そういなかったってことじゃないか？」

「そうか、なるほどな。ルカは人間の女も苦手だが、男も苦手ってことか」

笑いたいところだが、どうにも笑えない。このままではルカも、あちらの世界の住人になってしまいそうだ。一緒に島を出ようと誘っても、ルカは決してここを出ないだろう。そしていつかは、伯爵と同じように永遠を生きる魔物になってしまうのかもしれない。

素晴らしいソプラノが、部屋の空気を震わせている。続くテノールが、波のように新たな振動を巻き起こしていた。

こんな素晴らしい歌声を、ルカは他で一度も聴いたことがない。彼らは世界最高の歌い手でありながら、僅かの島民しか聴衆を得られないのだ。何とももったいない話だった。

歌い終えた赤毛のレディ・ノーランは、どうだというようにルカの前に立ち、派手に扇子で風を起こす。

「素晴らしいです。オペラ座にあなたの声を響かせられないのが、心底残念です」

「今度は私のために曲を作りなさい、小鳥」

はいとすぐには言えない。伯爵の寵愛を受けているとはいえ、機嫌を損ねたら簡単に譲渡されてしまう可能性だってあるからだ。

歌い手の六人とも歌唱力が素晴らしいから、ルカの作った小品はとんでもない名曲のように思えた。しかも彼らは、何度も練習する必要すらなさそうだ。一度合わせただけで、本番さながらの完成度になっている。

彼ら一人一人に、本当の年齢を訊いてみたい。そうすればこの素晴らしい歌声が、何年かかって完成したのか分かるからだ。

そこで休憩になった。演奏している楽団員は、ぐったりした様子で別室に下がっていく。ルカも一緒に行こうとしたら、伯爵に引き留められた。

「曲の感想を皆に求めてもいいぞ。許可する」

「ありがとうございます。よろしければ、気になる点がありましたら、今からでも直しますので」

歌い手達それぞれが、自分の歌う時間をもっと増やすように訴えてくる。全員の言い分を聞いていたら、とんでもない長さになりそうなので、部分的に直すだけにとどめるしかなさそうだ。

そこにゾーイが小ぶりのワイングラスを運んできた。中身が何かはもう知っているので、ルカが離れようとすると、嫌みのようにルカにもグラスが差し出された。

「小鳥先生のは、葡萄《ぶどう》の血ですよ」

嫌みのような口調で囁くと、ゾーイはルカを睨み付けて去って行く。

「明日は剣の試合？　私は狼に賭けるけれど、負けても貰えるのかしら」

休憩の間も、身を寄せ合っている子爵夫妻をちらっと見て、レディ・ノーランは訊いてくる。すると隅に控えていた医者が、申し訳なさそうに言い出した。

「申し訳ありません。狼は……使えなくなりました」

「どういうこと？」

グラスの中身を飲み干し、ほんのりと頬を赤くしたレディ・ノーランは、形のいい眉を吊り上げて怒り出す。

どうやら狼と呼ばれているのは、ジョエルのことらしい。まさかジョエルは、昨夜血を吸われて以来、病んでしまったのだろうか。

「煙草を吸ったようです」

「何ですって、ギョーム、またおまえが余計な入れ知恵をしたの？」

「いえ……庭番のアランが……」

そこでレディ・ノーランの怒りは頂点に達したのか、医者に向かってグラスを投げつけた。グラスは医者の額に当たり見事に砕け散ったが、彼は動こうとしない。額が切れたが、僅かに血が滲んでいるだけだった。

「伯爵、甘やかすのもいいかげんになさい。今すぐ狼を捕らえて、牢に繋ぐといいわ」

病んではいないようだが、煙草を吸ったことで責められている。そういえばこの島の男達は、あまり煙草を吸わないようだ。吸ってはいけない決まりがあって、ジョエルはそれを破ったということだろうか。

「狼は我々に従わない。それは昔からだ」

伯爵は医者を咎めることもなく、ジョエルを捕らえるよう命じるでもなく、静かにグラスの中身を飲み干している。

「人道主義を気取ってらっしゃるようね、伯爵。けれど彼らは、恩義なんて感じてない。私達が来ているのに、大切なもてなしもせず、わざと煙草を吸うなんて。あなたは使い方を間違えているわ。ただちに狼を連れてきて。私が貰い受けます」

それは困る。そんなことをされたら、アルバートとの仲はどうなるのだ。この赤毛のレディにとって、人間は牛や馬と同じような存在なのだろう。譲渡される側の気持ちなんて、全く考えてもいない。

伯爵、お願いです、ジョエルをこの人に差し出したりしないでください。アルバートと引き離すなんて残酷です。彼らはとても愛し合っているのだから。

そう心に念じたけれど、そこでまたルカは気づいた。アルバートと番《つがい》で連れて行かれてしまうかもしれない。

「駄目だ……彼女はジョエル達の主人になんて相応しくない」

ルカが抗議しようとしたら、医者がその腕を摑んで下がらせた。そのまま医者は、ルカを廊下へと連れ出す。

「伯爵が何とかしてくれますから、安心して」

「でも、嫌です。あのレディに譲られてしまったら、ジョエルに自由はなくなるでしょう。彼は新大陸に行きたがってるんです。夢があるんですよ。それにアルバートと愛し合ってる」

「落ち着いて、ルカ。伯爵を信じなさい」

信じろと言われても、聞こえてくるのは彼女の上げる甲高い罵声ばかりだ。

「煙草を吸っている者の血は嫌われる。それを知って、私はわざと庭番のアランに教えたんです。彼も狼だったから……」

悲しげに言うと、医者はさらにルカを回廊へと誘った。

「私とアランも、ジョエル達のような関係でした。そのせいで私は、主人だった貴族に追い出されて二十年前ここに来たんです」

「そんな、何であなただけが、伯爵の仲間なんです？　だって庭番の人は、日中外を歩いていましたよ？」

「彼は、伯爵達の仲間になれないんです。あなたの友人も一緒です。仲間になれない人間もいるんですよ。なのに私はそんなこと知らなくて、自分の欲望に負けて、先に伯爵から血を貰いました」

医者はどう見てもまだ二十代だ。けれど庭番はもう四十をいくつも過ぎた壮年に見える。二人の時間は、少しずつ、けれど確実に開いていっているのだ。

「死なない体って魅力的でしょ？　ルカ、あなたもそう思った筈だ。彼らのように、自分の芸術をもっと極めることが出来るんだったら、たとえ血を吸う魔物になっても不死でいたいと」

そこでルカは力なく首を振る。

自分はすぐに枯れる花だ。あの絵の中の若者のように、短い間だけでも伯爵に愛され、そして散っていくのが運命だと思っている。

「この島で、アランとずっと愛し合っていくのだと思ってました。なのに……私は、老いていく彼を見ていくという罰を、毎日受けています。せめてもの償いに、彼に血を吸われない方法を教えました。それをジョエルにも教えたようですね」

「……二人を自由にするには、どうしたらいいんですか？」

ルカの問いかけに、医者は逆に質問してきた。

「あなたは、伯爵と愛し合えなくてもいいんですか？」

「ジョエルの血がなければ愛し合えないというのなら……諦めます。ただお側にいられれば、それだけで僕は満足ですから」

「それでは駄目だ。伯爵に永遠を誓いなさい。そして、我々の仲間になるのです。そうすれば伯爵は、ジョエル達を自由にしてくれるかもしれない」

昨夜の恐ろしい情景が蘇る。首筋に牙を立て、血を啜《すす》る魔物になれというのか。そんなことはとても恐ろしくて出来ない。

「あっ？」

あの絵の本当の意味が分かった。あの若者は、伯爵の愛を拒んだのだ。いくら病弱とはいえ、永遠の命を手に入れれば簡単に消えはしなかっただろう。けれど彼は、魔物になるのを拒んで死んだ。

伯爵は決して恋多き男ではないと言っていた。それが真実なら、やっと巡り会えた相手に拒絶され、心に深い傷を負ったのではないだろうか。

そのとき、音楽室から勢いよくレディ・ノーランが飛び出してきた。彼女はルカと医者の前で立ち止まると、尖った爪を持つ指先を突きつけてわめく。

「哀れんでいるの？　狼の血を飲むしか楽しみのない、哀れな女だと思っているの？　ふん、こんな島など、すぐに誰も住めないようにしてやるわ」

ほとんど飛ぶようにして、彼女はその場を去って行く。その後を従者が慌てて走って追いかけていった。

「戻りましょう」

医者に伴われて音楽室に戻ると、伯爵と客の四人は笑っている。そしてルカに向かって、伯爵は手を差し伸べてきた。

「彼女は島を出るそうだ。狼を所望だったが、ルカの大切な友人を勝手に差し出すわけにはいかないので断った。それに彼女は、ただ血を飲むだけじゃない。狼にそれ以上のことをさせようとする。恋人がいようといまいとお構いなしに……」

何ということだろう。レディ・ノーランは、ルカを陥れようとした男爵夫人と同じだ。欲望まみれで、自分の欲を満たすためなら人のことなど何も考えないのだ。

二人がレディ・ノーランのものになったら、悲しみしか用意されていないだろう。ジョエルが欲望の道具として利用されるのを、アルバートが見ているだけなんて悲し過ぎる。

「は、伯爵。ジョエルを護ってくれてありがとうございます」

「ああ、その代わりに、彼女の代役を務めてくれ」

「僕が、歌うのですか？」

女性のソプラノが歌うために作ったのだ。ルカではそんな高音はとても出せないし、彼らの歌声を聴いた後では恥ずかしくて歌えそうになかった。

「無理です。あんな美しい高音は出ません」

「音程は自分に合わせて変えればいい。どうせ遊びだ。完璧を求めてはいない」

「れ、練習しないと」

「明日は騎士達の剣の試合を楽しむ。その合間に、せっせと練習しておくといい」

あんなに罵倒されていたのに、伯爵は全く意に介した様子もなく機嫌がいい。ルカは自分の友人だという理由で、ジョエル達を助けてくれたことに感謝しているから、何があっても伯爵の願いを叶えようと思った。

「衣装を一つ、ルカに合わせて変えるように伝えろ」

伯爵が命じると、ゾーイは俯いたまま部屋を出て行く。

「楽団員は補強しないといけないな。ルカ、知り合いに引退した演奏家はいるか？　家族もなく、うらぶれているような演奏家がいい」

「おりますが、オーストリアですから」

父が面倒を見ていた楽団員のことが思い出される。彼らのためにも、ルカが楽団を引き継ぐべきだっただろうが、あの頃は子供過ぎて無理だったのだ。

「オーストリアか。構わない。名前と、だいたいの住まいを書き出しておけ。そしてこの島への招待状を、ルカの名前で署名して、ただちに人数分用意するように」

伯爵はまた新たに、老いた楽団員を引き受けるつもりのようだ。その慈悲深い心には、胸を打たれる。

「遠慮しなくていい。好きなだけ名前を書いてもいいが、全員がヴァイオリニストというのは少々困るな」

「配慮いたします」

「毎日、楽しい演奏だけだと書いておけ」

「はい……」


こんなに優しい伯爵なら、きっとジョエル達にも自由を与えてくれるだろうと思えた。ルカから申し出てあげてもいいが、それは僭越《せんえつ》というものだ。彼らが自分達で申し出るまで、見守っているしかない。

明け方には自分の部屋に戻ったルカは、老いたがために他の楽団に入ることも適《かな》わず、安酒場で演奏しては糊口《ここう》を凌《しの》いでいる元楽団員に、早速招待状を書き始めた。

伯爵が魔物だからといって、文句を言う人間はいないだろう。それよりもおいしい食事や暖かい寝床の価値のほうが、はるかに上回っている。

数人の名前と住所を書き出し、一人一人に合わせた招待状を書き始めた。そうして書いている間に、忘れていたオーストリアの町並みが脳裏を過った。故郷の町に、いつかまた行くことがあるだろうか。いや、ルカはもうこの島を出る気はなくなっていた。

「そろそろ夜明けか……」

この島に来てから、ルカは夜明けの空を見るのが好きになった。これまでとは逆で、夜明けがルカにとっては一日の終わりになる。伯爵と過ごした幸福な夜が終わり、満ち足りた思いで星が消えていく様子を見つめるのだ。

それでも伯爵達とは違い、昼近くに目覚めてしまう。日中は日当たりのいい音楽室で、楽団員と共に楽器の調律をしたり、演奏したりして夜を待った。

「そうか、明日からは歌わないといけないんだ」

勝手に伯爵がレディ・ノーランの役を男に変えてしまったせいで、ルカはあの伯爵と歌わなければならないのだ。

「伯爵の足手まといにならないようにしなくちゃ」

初めて恋した相手は、美しく優しい魔物。この高ぶる気持ちを、そのまま歌にしたい。けれど楽器は上手く弾きこなせても、歌うとなるとどうだろう。

生まれたときからオペラを聴いてきたルカだけれど、

自分の歌声にはまるで自信がなかった。

空が明るくなってきた。ルカはペンを置き、寝間着に着替えてベッドに潜り込む。今夜はレディ・ノーランがいきなり帰ると言い出して、荷物をまとめて沖の船に向かったりしていたから、伯爵と抱き合う時間がなかった。

自然と自分の性器に手が触れてしまう。体の奥に疼きを感じるが、ルカはぎゅっと目を閉じて忘れようとした。

「駄目なんだ……僕の欲望のために、ジョエルを犠牲にするようなことは駄目だ」

ジョエルだって、自分が媚薬代わりにされるのは嫌なのだ。だから庭番に教えられた煙草を吸ったのだろう。

「こんなことしなくたって、僕は伯爵を愛している。たとえ魔物でも……二度と肉体を交えて愛し合うことがなくても……ずっと、ずっと愛し続けるんだ」

そこで医者の言葉が蘇った。

永遠を誓いなさいと言っていた。以前の恋人は、永遠を誓わなかったから消えてしまったのだ。もし誓ったら、ずっと伯爵の側にいられるのだろうか。

「この島で……伯爵に愛されながら、音楽を極める……」

けれど伯爵は、ルカを仲間に迎え入れてくれるだろうか。そんなことはまだ一言も言われていない。やはり伯爵に、ルカの気持ちが変わらないことを伝え続けるしかない。

伯爵に抱かれて眠ると、熱は感じられなくてただ花の香りがするばかりだ。それでも伯爵が眠るまで、側にいて抱きしめられているのは心地いい。

明日の夜は、また一緒に眠れるだろうか。そんなことを考えながら、いつの間にかうとうとしていた。

どれぐらい眠っただろう。朝陽が部屋に射し込んでいる時間だが、ルカは騒がしさで目が覚めた。

緊急事態を伝える鐘が鳴っている。急いで窓から下を覗くと、大勢の男達が宿舎や仕事場から走り出して、集まっているところだった。

「何があったんです？」

寝間着の上にガウンを着て、足早に通り過ぎようとする世話係の老人を呼び止める。

「レディ・ノーランの船が、火事になったようです。怪我した乗組員が、ボートで戻ってくるようなので、手当ての準備をしませんと」

「レディ・ノーラン……昨夜、帰られたレディですか？」

「そうですよ。よろしければ手伝ってください。火傷《やけど》している者もいるでしょうから」

「あ、はい。すぐに着替えます」


ちりりと炎で焼かれたような気がした。

伯爵は何事もなかったかのように無視していたが、実はかなり彼女に対して怒っていたのではないか。これは偶然なのだろうか。伯爵を怒らせた者には不幸が訪れる、まさかそんなことが決まっているとは思いたくない。

着替えてから急いで入江に向かった。すると途中でアルバートとジョエルに出会った。

「沖に停泊していた船が火事だって？」

ジョエルに訊かれて、ルカは訂正する。

「昨夜遅くに、出航の準備に入った筈です。レディ・ノーランが、ジョエルが煙草を吸ったことで怒り出して、先に帰るって言い出したものですから」

「何だよ、それじゃ俺のせいか？」

いきなりそんなことを言われても、ジョエルだっていい迷惑だろう。入江にはもうサムを始め、大勢の男達が集まってボートを出していた。

「火事を発見したのは誰だ？」

アルバートの質問に、ルカは知らないと答えたが、おおかたの想像は付く。きっと庭番のアランが、洋上の煙に真っ先に気がついたのだ。

「乗組員や従者は、上手くボートに避難出来れば無事だろうが、ジョエル、どう思う。あの赤毛のレディはどうしただろう」

ジョエルとルカは、そこで空を見上げる。陽はもうかなり高く上り、洋上も地上も同じように照らされていた。

「さあな。生きてれば、いや、まだ存在してるんなら、夜中にこの島まで泳いでくるだろ」

その姿を想像するだけでぞっとして、ルカは思わず胸の前で十字を切っていた。

男達は二本の丸太に、古い帆布や毛布を結びつけて、担架のようなものをこしらえている。さらには荷馬車がやってきて、怪我人を宿舎に運び込む用意は進んでいた。

「こういうときは、よくまとまってるな。みんな軍隊並だ」

アルバートは感心しているが、これもみな伯爵の人望のせいだろう。十分に満たされているから、他人の不幸にも人道的な手助けが積極的に出来るのだ。

最初のボートが戻ってきた。中には煤《すす》けた服を着て、顔も真っ黒になった男達がひしめいている。

「よし、歩けない者は担架で運ぶ。歩ける者は荷馬車に乗れ」

サムの指示に、男達はよろけつつも従った。その中の一人、焼け焦げてはいるが華やかな赤い衣装の男に、ルカは駆け寄る。

以前はこの島の騎士だったのに、レディ・ノーランに請われて譲渡された男だ。気に入られていたのか、いつもレディの側で仕えていた。あの男なら何か知っているだろう。

「レディ・ノーランはどうなさいましたか?」

ルカの問いかけに、男はすぐに答えることなく、しばらくぼうっとしていた。だがここが島の入江で、サムや顔見知りの男達が助けてくれていることに気づいたのか、軽く咳《せ》き込んでから答えた。

「レディの船室から火が出たみたいで、助けられなかった。移動中は木製の棺桶《かんおけ》で寝てるからな。あの火の中では、逃げ出せないよ」

男はそう言うと、不思議な笑みを浮かべる。そしてサムに近づき、無事を報告して喜び合っていた。

レディ・ノーランにだって、心を読む力はあるだろう。火を点けようと考えていたら、とっくに気づかれた筈だ。伯爵は人の記憶を呼び出したり、逆に忘れさせたり出来るということだが、あの男に何も考えずに火を点けるように指示することだってやれるのではないか。

男は主を失ったことを悲しんではいない。むしろ島に戻れることを喜んでいる。

ここにいるうちの何人が、レディの消失を悲しんでいるだろう。残酷にも誰一人として悲しんでいるようには思えない。

ルカだってジョエルを連れ去られたら、レディのことを恨んだ。そう考えると、悲しまない男達を非難出来なかった。

ジョエルとアルバートは、怪我人を担架で運んでいる。ルカも手伝おうかと思ったが、何しろ非力だ。とても運べそうにない。

「僕は……何をすればいいんだろ」

呆然としていたら、庭番のアランがルカに近づいてきた。

「医者の部屋は知ってるな」

「は、はい」

「陽が射し込まないように用心して、やつを叩き起こせ。重傷な者から連れて行くと伝えろ」

「はい」

アランを見ていると胸が痛んだ。元々はジョエルのような、陽気で逞しい色男だったのではないか。世間の目など何も意識することのないこの島に逃げてきて、これから二人で幸せになる筈だったのだ。けれどそうはいかなかった。

恋人の医者はもう歳を取らない。二人の時は、毎日少しずつずれていく。辛いだろうに、それでもアランが島を去らないのは、やはりまだ恋人を愛しているからだろう。

急いで医者の部屋に向かった。息を切らせながらドアを叩き、そっと中の様子を窺う。すると驚いたことに、医者はまだ眠っておらず、診察台の側で治療の準備をしていた。

「あの……分かっていたんですか？」

「伯爵がすべてうまくやると言ったでしょ……」

「うまくやるって……」

つまりはそういうことなのだろうか。伯爵は平然と同族殺しまでする、そういう恐ろしい存在だということなのか。

「まさか、僕がジョエル達を助けたいと思ったから……」

「それもありますが、一瞬ですがね、彼女はこの島そのものを破壊しようと考えたんですよ。それが伯爵の逆鱗《げきりん》に触れたのでしょう」

医者は部屋の入り口に、遮光用の黒い布を垂らしている。本当なら眠っている時間なのに、こうして暗くしておけば起きていられるということを初めて知った。

「あなたは傷を見たら気絶しますか？」

「ど、どうかな。あまり心が強くないから」

「では、海軍士官、アルバートをここに呼んで手伝わせてください」

「いえ、僕がやります」

彼らの怪我の原因が、自分にあるとしたら、せめて治療の手伝いでもして謝罪にしたい。

「絶対的な王というものは、ときに残酷に思えることも平気で行います。あなたは理想だけ見てはいけない。残酷さも、冷酷さも、すべてを含めて伯爵なのだから」

「……それでも、ついて行きたい。頼めば僕も、あなた達の仲間になれますか？」

「どうでしょう。伯爵は才能を愛します。私は医者として優秀だったから、血を分けてくださいました。仕立屋のエナードもそうです。この島に必要な能力がありましたからね」

「彼も？」

意外だった。驚異的な早さで衣装を縫い上げていたが、それも人ではなかったからなのだ。

「他にもいますか？」

「いえ……ゾーイは仲間になりたがっていますが、伯爵は認めません。ご存じでしょう？　伯爵は心が読めるから、純真な者にしか親しみを感じません」

そこに最初の怪我人が運び込まれてきた。顔は煤けていても、火傷はそれほどではない。船から飛び降りたときにどこかにぶつけたのだろう、足の傷は大きく裂けて肉が見えている。ルカは軽い目眩を覚えたが、唇を嚙みしめて治療を手伝った。

時には同族ですら消して、伯爵はこの島を護っている。ここは伯爵にとって、まさに王国であり楽園なのだ。

この島の一部になりたい。ルカは強く願う。

「もう大丈夫ですよ。伯爵が護ってくださいます」

痛みにうめく怪我人の手を握り、ルカは力強く励ます。すると怪我人の男は、煤けた顔に笑みを浮かべて弱々しく言った。

「演奏会、楽しみにしていたのに、今年は聴けないのかと残念に思ってました」

「やりますよ。あなたのために、ベッドを一つ広間に運び入れましょう」

「ありがとう……さすが伯爵の思い人だ。綺麗なだけじゃなくて、心根もお優しい」

男の言葉に驚いた。ルカの知らないうちに、皆はルカを伯爵の思い人と認定しているようだ。

「レディ・ノーランはお気の毒でした」

ルカがお悔やみのつもりで言ったのに、男はさらに笑った。

「気の毒？　いや、もういいでしょう。これまで何百年も、好き放題してきたんだから。怪我の軽い連中は、今頃祝杯をあげてるでしょうな。俺も早く、祝杯をあげたいですよ」

こんなひどい怪我なのに、明るい声で言っている。医者の施術が確かなせいもあるだろうが、本当にレディの死を喜んでいるのかもしれない。

「心を失ったら、我々はただの魔物です。そうならないためには、愛を忘れないことですよ」

最初の怪我人の手当てが終わると、医者はぽつんと呟く。

「伯爵が愛する心を失ったら、本物の魔王になってしまうでしょうね」

「そんな……」

「そうならないために、愚かな島民が必要なんです。伯爵には、護るものが必要なんですよ」

護るものだけではない。癒《い》やすものもやはり必要だ。伯爵が芸術を愛するのは、殺伐となっていく心を潤わせ、心まで魔物になってしまうことを防ぐためなのだ。

次の怪我人が運び込まれてくる。こちらは腕を折っているのにもう酒を飲んでいて、はっきりとレディの消滅を祝っていた。


船火事があったせいなのか、武術大会は中止された。その代わりに演奏会の日程が繰り上げられ、レディ・ノーランが消えて三日後に、アルバートは伯爵達の驚異的な美声を聴くことになった。

「あんなに才能があるのに、ルカが可哀想だ」

演奏会終了後、自分達の船に帰って行く客を送り出す。それぞれの荷物を荷馬車に積み、入江まで運んでいく間に、ジョエルはため息交じりに呟く。

「伯爵に寵愛されているんだ。それでいいじゃないか」

「この島で、島民やヴァンパイアの客だけを相手に、ずっとあんな作品を作り続けるのか？　俺は芸術に詳しいわけじゃないけど、あれだったらオーストリアやフランスでも通用すると思うけどな。偉大な音楽家としての名声とか欲しくないんだろうか？」

「それほどの才能はないのかもしれない」

冷たく言い切ったが、アルバートも内心ルカの才能に驚いていた。歌い手の伯爵達の歌唱力もあるだろうが、想う相手には想われず、別の相手に想われてといった筋立ても楽しく、十分に楽しませてもらった。

いい支援者がいれば、名を残すような音楽家になれるかもしれない。伯爵が支援者になってくれればいいが、ルカが島を出ることになると難しいだろう。寵愛しているから優しくしているが、離れて行くものに伯爵は残酷だ。

「煙草はもう吸わないのか？」

「ああ、止めて五日もすると、毒素は消えるそうだ」

せっかくアランがくれたのに、船火事のあった日からジョエルは吸っていない。レディ・ノーランが伯爵の怒りを買ったのは、自分のせいだと思ったからのようだ。

ジョエルなりに考えるところがあって、伯爵に反抗したつもりだった。けれどその結果、大勢の怪我人が出たことには責任を感じているのだ。

二人とも今ではあの火事が偶然だったと思っていない。出航準備がもう少しで終わるというのが、夜明けの時間に、レディの船室から出火するというのが、偶然にしては出来過ぎた話ではないか。

しかも誰一人として、レディ・ノーランの死を悲しむ者がいない。同族の者達も、簡単な哀悼の言葉を口にしただけだ。レディは消えたが、乗組員や使用人に亡くなった者は一人もいなかった。そのことを皆は喜んでばかりいて、喪に服することもなかった。

客人達はここでの滞在を楽しんだだろうか。あの後、ジョエルの血を望む者はいなかった。過剰な要求は伯爵を怒らせる。そうなったら、日中、もっとも非力なときに、自分達も何をされるか分からないと恐れたのかもしれない。

「分からなくなった。ヴァンパイアなんて、特別恐ろしい存在だと思ったけど、そうでもないいんだな。やつら人間がいなかったら、どうにもならないいんだぜ」

「それはそうだが……」

「日中に襲われたらひとたまりもない。信頼の置ける人間が護ってやらなかったら、案外簡単に消えていっちまう」

客達の使用人は、この島の住人だったものが多い。伯爵の下で働いていた人間は、信頼できると思われているようだ。

「伯爵は人間の怖さを一番よく分かってる。だからこの島の住人にはよくしてくれるんだ。領主がみんな伯爵みたいだったら、無駄な戦争なんてものも減るだろうに」

ジョエルの言葉に、アルバートは反論したくなる。伯爵は優しいだけじゃない。同族でも平気で消し去る残酷さがある。だが良王には、そんな残酷さも必要なのかと思い、反論は口にしなかった。

荷物をボートに積み終え、去って行く男達に手を振って見送る。その後二人は、海の見える野原の一角で焚き火を熾《おこ》し、毛布を敷いて野営の準備を始めた。

何があるか分からない。沖に停泊している船が、無事に出航したと確認するまで、ここで見張っていようと二人で決めたのだ。

「星が綺麗だ。ロンドンの空はいつも煤けていて、こんな綺麗な星空は見られない。船でずっと南に下っていくと、星の配置が変わるそうだ。いつも見ている星空と違うというが、いつか見てみたいな」

アルバートは毛布の上に寝転び、満天の星空を見ながら呟く。

「明後日には、サム達がまた買い出しに本土へ向かうそうだ。ジョエル、その船に乗って私は一度本土に戻ろうと思う」

いつまでもここにいたら、不審に思われるだろう。それよりさっさと王に報告してしまえばいい。伯爵はただの放蕩《ほうとう》貴族で、離島でオペラごっこをするのが趣味だと伝えるのだ。王に叛旗を翻す革命の志士でないと知れば、王はすぐに伯爵への関心をなくす。

「それで……海軍に復帰するのか？」

「いや、約束だ。ジョエルと新大陸に行く。だが、あまり金がない」

自分が貰える資産など、ないに等しいと分かっていた。海軍の給金もなくなるとなれば、アルバートは下手をすれば無一文になってしまう。

「ここに戻って、しばらく働いて金を貯《た》めるかな」

「そんなことしなくていい。新大陸に行く二人分の船賃くらいある。こっちで石鹸《せっけん》とか薬を買い込んで持って行くんだ。そして向こうで売りさばく。そうすればしばらく暮らすぐらいの金は出来る。心配しなくていいんだ、アルバート。俺が上手くやるから」

ジョエルの言葉は頼もしい。すでにジョエルの脳内では、しっかりと計画が練られているようだ。

「新大陸に行ったら、いつか大きな邸を建てる。そこに住むんだ。自分達の牧場で育てた旨い肉を食おう。それで食卓には、祝い事なんてなくても、毎日ケーキやパイを並べるんだ」

「いつもそれだな……」

「戦場には焼きたてのパイなんてものはない。パイやケーキは、俺にとっちゃ平和の象徴なのさ」

心の中で、ジョエルはそんな豪華な邸を思い浮かべているのだろうか。

「何を言われても構うもんか。アルバート、新大陸でも、ずっと同じ部屋で暮らそう」

「いきなりどうしたんだ」

「もうおまえと離れてなんていられない。ここを出ても、変わらないと誓ってくれ」

「馬鹿だな……」

いつもは強気なのに、こんなときだけは子供のように弱気になる。そんなジョエルが愛しくて、アルバートはその体を引き寄せキスをする。そうしているうちに、キスはどんどん激しくなって、ジョエルのものをまさぐっていた。

「誓えよ」

「ああ、分かった。この気持ちはずっと変わらないと誓う。これでいいか？」

「珍しいな。おまえから誘うなんて。外で気分が変わったか？」

「えっ、いや、うん、まぁそうだな」

滅多にあることではないが、自分からやりたいと思ったのは事実だ。満天の星空が、アルバートの情欲を誘ったのかもしれない。

「寒いだろ。下だけ脱げよ。もし犬が来たら、教えてやる。急いで毛布で隠せ」

せっかくいい感じだったのに、ジョエルのふざけた言葉に、アルバートはつい笑い出してしまった。

二人で笑い合うのはいつものことだ。ここに来てどれぐらい笑っただろう。これまで生きてきた分の笑い、すべてを足しても足りないくらい笑ったかもしれない。

お互いのブーツを脱がし合った。その後でズボン

を争うようにして引きはがし、シャツだけになって抱き合う。

「星が見たいだろ」

いつものように俯せにしないで、ジョエルはアルバートの足を自分の肩に乗せてしまった。おかげでアルバートは、満天の星を見ながら横たわっていた。

「この先、喧嘩するようなことがあったら、この夜のことを思い出そう。そうすれば何度でもやり直せる。そう思わないか？」

ジョエルの言葉に、アルバートは頷く。この美しい夜のことを、忘れたくない気持ちは同じだった。

「愛してるよ、アルバート。俺は愚かな男だが、愛情だけは他の誰にも負けてないつもりだ。一緒に、行こうな」

「ああ、海を越えて、二人の新大陸に行こう」

そのまま体が結ばれた。するとアルバートの中に、これまであまり知らなかった快感の火が点いた。どうやらこの野外という舞台が、アルバートの中から余計な羞恥心を追い払ってくれたらしい。

「んっ……変な感じだ」

「変なんじゃない。感じてるんだ。俺の愛を、その体で感じてるんだよ」

「そ、そうなのか。あっ……ああ」

温《ぬる》い海水の中に放り込まれて、ゆっくりと浮いているような穏やかな快感に包まれていた。目を閉じたいが、それでは星空が見えなくなってもったいない。それにアルバートを抱いているときのジョエルの表情が、間近に見えるというのも新鮮だった。

「そんな顔して、私を抱くのか……」

「んっ……んん、こんな顔して、俺に抱かれるんだな」

二人はそこで強く抱き合い、お互いの快感の波に追われて動き出す。誰にも遠慮のない戸外のせいか、ジョエルのうめき声はいつもより大きい。いつの間にかそれに和するように、アルバートの遠慮がちなうめき声が混じっていた。

ジョエルの腕を枕にうとうとしていたら、人の声が聞こえてきた。続けて何人もの足音が響く。また沖の船に何かあったのかと思ってアルバートは飛び起き、ジョエルの体を揺すった。

「松明だ。何かあったのかな」

松明の列が、ゆっくり進んでいた。微かに歌声が聞こえる。この島では聴くこともないだろうと思っていた賛美歌だった。

「ジョエル、犬達も騒がない。おかしくないか？」

二人はそこで乱れた衣服を直し、ブーツを履いて上着に腕を通した。

「行こう……」

うっすらと空は明るくなり始めている。そんな中、黒いケープをまとった一団がしずしずと歩いていた。

近づくと全容が見えてきた。先頭を行く男が賛美歌を歌い、そのすぐ後に続くのは担架を担いだサムとアランだ。

「葬列か……」

誰かが死んだのだ。担架を見ると、白髪の楽団員だった。葬列の一番後方にルカがいる。アルバートは近寄っていき、俯いて歩くルカと並んで歩き始めた。

「ヴァイオリンを弾いていた人だろうか？」

「そうです……」

「あの演奏じゃな。年寄りにはきつかっただろう」

普段はよろよろしている楽団員も、演奏が始まるといきなり溌剌《はつらつ》と動き出す。そこにはきっと伯爵の魔力も関係しているのに違いない。だが演奏が終わると、一気に疲労が襲いかかる。老齢にはかなりこたえるのだろう。


葬列は十字架のある場所にたどり着いて止まった。そしてサムとアランは、むき出しになった老人の手足を鎖に繋ぐ。すると老人は目を開け低くうめいた。

「生きてるぞ」

ジョエルが慌ててサムを止めようとするが、逆にアランはジョエルを抑えた。

「何で？　まだ生きてるじゃないか？」

「いや、人としての命は終わった。伯爵が祝福してくださったから、心安らかに旅立てる」

「どういう意味だ？」

どうしてもジョエルは納得出来ないようだ。アルバートには、目を開いた老人の顔が笑っているように見える。彼はこの待遇を、自ら進んで受け入れているように思えた。

「アルバート、どうするんだ？」

「祝福されたんだ。幸せそうじゃないか……」

老人の指先だけが微かに動いている。もしかしたら起きているように見えても、夢の中にいて演奏を続けているのかもしれない。

その時、この日最初の太陽が海から顔を出した。空の藍色は、どんどん西側に呑み込まれていき、東側からオレンジ色の朝焼けが広がっていく。

賛美歌の声がより高くなり、何人かがそれに和して歌っている。皆の顔にも朝陽が当たり始めたと思ったら、一瞬で老人の体は灰になって四散した。

後には老人の体を包んでいた、黒い布があるだけだ。サムはその布を拾い上げ、まだ少し残っている灰を風に乗せて海に運ばせている。

「何てこった……これがこの島の葬式なのか」

「ジョエルの言ったとおりだった。風葬か……」

苦しんだ様子は全くなかった。笑みを浮かべていたではないか。皆も分かっているのか、葬儀特有の悲壮感はない。伯爵の祝福とは、ヴァンパイアの仲間に加えてから、死を迎えさせるというものだった。一瞬の死は、老人にとって安らぎだっただろう。

「すまんな、ジョエル、アルバート、爺さん達を城まで送るのを手伝ってくれ。ここまで来る間は気が張ってたが、みんなもうあんな感じだ。ふぬけになっちまってる」

サムが申し訳なさそうに言ってくる。壮大な演奏をした後だ。ただでさえ疲れているのに、仲間の死を迎えてさらに疲労感は増したようだ。

「歩けそうもない爺さんを、おぶってやってくれないか？」

「ああ、分かった」

アルバートにジョエル、そしてサムとアランが歩けそうもない老人をおぶって、城に向かって歩き始める。比較的元気な楽団員は、その後からゆっくりと歩いてついてきた。

「明後日、本土に買い出しに行くんだろ？」

ジョエルがサムに訊いている。

「客の使用人達が、ワインやラムをがぶがぶ飲んじまったからな。俺達の分がなくなっちまう前に、仕入れてくるんだよ」

「伯爵の許可は取るから、アルバートと俺も本土まで乗せていってくれないか？」

「構わないが……まさかここでの生活がもう嫌になったのか？」

サムががっかりしている様子が伝わってきた。いろいろとよくしてくれたのに申し訳ないと思い、アルバートは正直に告白する。

「この島を偵察するよう、王に命じられて来たんだ。レディの船が火事になった。そのことで余計な疑いを持たれると伯爵も困るだろうから、さっさと報告に行く」

「何だ、そんな目的で来たのか。そうだろうな、あんたみたいに頭のいい男が、金目当てだけでこんな島に来る筈がない」

「黙っていて悪かった。だが、そのおかげでいろんなことが分かったよ。私としては、本当のことを報告するつもりはない。ここに残った人達が、あの老人のように幸せのうちに亡くなるのなら、そのために秘密は守る」

ここを出たら、待ち構えているのは戦場ばかりの世界だ。若い男達が、僅かの金で兵器として売られていくことを思えば、この島での生活は男達にとってまさに楽園そのものだろう。世界の中で、こんな楽園が一つくらいあってもいいのだ。

「報告が終わったら、また戻ってくるかい？」

「どうかな……今は何とも言えないけれど、海軍に戻る気はないんだ」

国のために戦うことが本当に正義なのか、今はもう分からなくなった。必要なのは戦うことではなく、平和に暮らすことだ。そんな決まり切ったことが、この国では手に入らない。

「いつでもいいから戻ってこいよ。船は月に何度かあの港に荷積みに行く。俺がいなくても、分かるように二人のことは話しておくから」

「ありがとう……」

サムの気持ちは嬉しいが、ここでの生活はアルバートとジョエルには向かない。伯爵の正体が分かってしまった今、二人には騎士でいるだけの生活は耐えがたいものだった。

どうやらジョエルにすっかり感化されてしまったようだ。新大陸に渡って、何もないところから新たに始めたい。アルバート自身、今ではそんな気持ちになってしまっている。

城に戻ると、楽団員達は背負ってくれた四人に感謝の言葉を口にする。そして互いに支え合って、自分達の部屋に戻っていった。

野営のあとをそのままにしてきたので、また戻ろうと思っていたときだった。こんな時間にそこにいる筈のないものを、アルバートは見てしまった。

「あれは……」

城の階段の影に、大きなフードのついた、長くて真っ黒なマントを着た男が立っていた。フードで半ば隠れた顔の部分から、赤く不気味に輝く目だけが見える。

「まさか伯爵？」

もう太陽は顔を出し、島の隅々まで照らしている。城の中にも、いずれ陽が射し込むだろう。

「何をしてらっしゃるのですか？」

思わずアルバートは駆け寄ったが、葬列に参加していたルカの帰りを待っていたのかと思っていた。

「ルカを探してくれ」

やはり光のあるところは苦手らしい、いつもよりずっと力のない声で伯爵は言う。

「ルカならもう戻った筈ですが……」

老人達を気遣いながら、最後尾を歩いていた筈だ。そう思って背後を振り返ったが、部屋に戻る一団の中にルカの姿はなかった。

「呼んでいる。行ってやりたいが……」

伯爵が憔悴《しょうすい》していた。そんな姿を見ることになるとは驚きだ。

「犬が見つけてくれる。急がないと……死んでしまった者は、助けられない」

「……探してきます」

そこでアルバートは、ジョエルとアランの腕を引いて外に飛び出した。

「アラン、大至急、犬達にルカを探させてくれ。ジョエル、戻るぞ」

「何だよ、いきなり？」

「よく分からないが、ルカに何かあったらしい」

「よく分からないのに探すのか？」

伯爵とルカの関係は普通とは違う。簡単に心を読んでしまう相手と愛し合うというのは、とても難しいことだろう。少しでも邪念があったら、ただちに読まれてしまって愛情も冷めてしまう筈だ。

なのにルカは、伯爵に愛されている。一度も裏切ったことのない証拠だ。

そんなルカの叫びだから、朝だというのに伯爵に届いた。そう考えると、何か特別なことがあったとしか思えない。

「朝なのに、伯爵自ら部屋を出てきた。余程のことがあったんだ」

二人は歩いてきた道を走って戻る。そのどこにもルカの姿はなかった。


まさかあんな演出が用意されていたなんて知らなかった。演奏会が大成功のうちに終わり、万雷の拍手で讃《たた》えられただけでも嬉しいのに、その場で伯爵は宣言してくれたのだ。

「私の愛するルカ・ミナルディ。彼はこの後、本土でも音楽家として名を成すだろう。そしてそう遠くないうちに……夜の世界の住人となる。私と……永久に生きるために」

さらに拍手は盛大になり、島民達は立ち上がって伯爵とルカを祝福してくれた。それに応えるように、伯爵はルカを抱き寄せ、熱いキスをしてくれた。

皆の前で伯爵は、ルカとの関係を堂々と宣言してくれたのだ。それだけでなく、いずれは自分と同じ仲間にすると約束してくれた。

永遠の命を貰い、永遠に愛し合う。

何と素晴らしいのだろう。

そのまま新婚の褥《しとね》に、伯爵と共に横たわる筈だった。なのにルカは、レディ・ナナの予言どおりに、岩場に血を流して横たわっている。

「もう……いいんだ。すべての願いは、叶ったんだから……」

早くに死んでしまうのが、自分の運命だと思っていた。そのとおりになったのだから、素直に死を受け入れるべきなのだろう。

心を読めたり、未来を予知したりする能力が彼らにあっても、ここでルカが災難に遭うとは誰も教えてくれなかった。つまりこうなるべくして、なったということなのだ。

ルカは老人達を助けながら、最後尾を歩いていた。そこで急に背後からゾーイに呼び止められて、ルカは振り返ったのだ。

「ヴァイオリニストから、この手紙を海に流してくれるように頼まれました。すでに天国に召された家族への思いが書かれているそうです。ぜひ、あなたの手でやってあげてください」

差し出されたワインの瓶の中には、丸められた紙が入っている。どうやら思いを綴《つづ》った手紙らしいが、ヴァイオリニストには手紙を届けるような身寄りは一人もいなかった。聖職者のいないこの島では、こんな形で天国に思いを届けるものなのだろうか。

葬列に参加したのは初めてで、この島での決まり事はよく知らない。ルカは請われるままに瓶を受け取った。

「砂浜から投げたんじゃ、波で岸に戻されてしまう。下手な場所で投げると、岩に当たって瓶がすぐに割れてしまうしね。遠くに投げられればいいけど、私は……先日、馬から落ちて腕を痛めたもんでね」

一瞬、レディ・ナナの予言が脳裏を過った。

岩場に近づいてはいけない。けれど岩場から離れたところにいれば大丈夫だ。そう自分を納得させて、ルカは断崖に近づく。そして思い切り遠くに向かって、ワインの瓶を投げた。

投げ方がよかったのか、真下の岩場に落ちることなく瓶は海まで飛んでいった。波間に瓶が浮かんでいる様子をほっとして見ていたら、背後から声がした。

「伯爵でも、死んだ人間は生き返らせることは出来ないんだ。知ってたか？」

振り返る間もなくルカの体は勢いよく突き飛ばされて、はるか下の岩場まで一気に落ちていった。

叫ぶ余裕もなかった。体のどこかが決定的に壊れてしまったのか、痛みすら感じない。分かっているのは、ゾーイがルカを殺したいほど憎んでいたことと、二度と伯爵には会えないということだけだった。

伯爵はもう眠っているだろう。彼ら夜に生きる者達も、夢など見るのだろうか。もし見ているのなら、せめて夢の中ででも会いたい。そして感謝と別れを告げたかった。

「愛することを教えてくださって、ありがとうございます。あなたに出会えて、僕の音楽は花開いたんです。もう一度、あなたの天上人のような歌声を聴きたかった……」

本物の神のようだった。あの歌声が、どうしてほんの僅かな島民にしか聴かせることが出来ないのか。だが伯爵は、誰かに聴かせたいなんて思ってはいないのだ。歌は瞬時に消えてしまう芸術だ。永遠を生きる者にとっては、消えてしまうからこそ価値があるのだろう。

波が岩場に打ち寄せ、ルカの体から流れ出た血を洗っていく。こんなことで無駄にしてしまうくらいなら、すべて伯爵に捧げたかったが、ルカの血は薄いのだという。

「僕があなたを喜ばせることが出来るのは、音楽だけ……。血も、命も、価値がないから」

まだ涙は流れるだろうか。それともこれは、波の飛沫なのか、ルカの頬は濡れている。その頬を誰かがハンカチで拭ってくれていた。よく見るとそれはまだ幼い姿のままの姉だった。

「迎えに来てくれたんだね……」

姉の手を摑もうとした瞬間、犬の吠え声が聞こえてきて、ふっと姉の姿は消えてしまった。

「いたぞ、あそこだ！」

叫んでいるのはアルバートのようだ。

「毛布を切って、繋げるんだ。それでロープを作ってくれ。先に私が下りる」

「危ないだろ。ロープを城から持ってくるよ」

「そんな余裕はない。大きな波が来て攫《さら》われたらどうするんだ」

ジョエルがいる。そして犬達がいるからには、アランもいるのだろう。そう思った途端に、ルカの考えは大きく変わっていた。

死ぬのが自分の運命だなんて間違っている。もっと生きて、伯爵のために曲を作り続けたい。そして何よりも、伯爵に愛されたかった。

「おまえまで落ちるなよ」

「ああ、分かってる。さっさと毛布を繋げてくれ」

何でこんなところに毛布があるのだろう。やはりおかしいから、これは夢なのかもしれない。助かりたいという気持ちが見せた夢なのだ。

アルバートとジョエルには、この島に来る最初のときから助けられた。なのに何一つ、恩返しらしいことをしていない。せめて島を出るために、伯爵の機嫌を損ねないよう仲立ちが出来ればよかったのにと今更ながら思う。

「ルカ、ルカ、生きてるか？」

聞こえてきたアルバートの声は、ひどく現実的だった。

「生きてたら瞬《まばた》きしろ」

そこでルカは、試しに瞬きをしてみる。

「よし、傷はここか。骨が折れてるかもしれないが、大丈夫だ。生きてさえいれば、伯爵がどうにかしてくれるらしい」

生きたい、もっと生きたい、こんなところで死ぬのは嫌だ。伯爵がまた一人になってしまう。誰かに側にいて欲しいと願っても、伯爵には未だにそれは叶わないことなのだ。

共に永遠を生きるのに相応しい相手を、伯爵はずっと探してきた。その相手はルカではないのか。ルカでは駄目なのか。

命や血を捧げるだけでは駄目なのだ。永遠に続く忠誠、愛し続ける心を捧げるべきだ。その決意は出来ていたのに、ここで簡単に死の運命に負けるわけにはいかない。

「毛布を繋いだぞ！」

「よし、ルカ、行くぞ。いいか、痛くても暴れるな」

アルバートはルカを抱え上げる。そのとき初めて、自分の体がかなり複雑に骨折していて、痛みを感じる部分も壊れているのが分かった。

どんな医療を用いても、普通なら助からない。伯爵やこの島の医者だったら助けられるのかもしれないが、今はもう光溢れる時間だ。眠っているに違いない。

「ルカ、私達にルカを探せと命じたのは伯爵だ。伯爵にはルカのことが見えているんだ。だから希望を捨てるな。何があっても、城に戻るんだ」

「あっ……」

城からはかなり離れているのに、ルカの思いは届いたのだ。伯爵は自ら出向くことが出来ないので、アルバート達に命じたのだろう。

今からでも心に思い浮かべれば通じるだろうか。

僕は生きています。あなたを愛するために、僕は生きたい。あなたが死を迎えるまで、ずっとお側にいたいのです。

そう心の中で、ひたすら願い続けた。

ルカを抱いたアルバートは、毛布を切り裂いて作ったロープを体に巻き付けた。そして少しずつ引き上げられていきながら、足を使って巧みに崖を登っていく。上ではジョエルとアランが、何度も下を確認しながら慎重にロープを引っ張っていた。

犬達も心配そうに覗いている。どうしてだろう、皆はあの犬を恐れるが、ルカは一度も怖いと思ったことがない。犬は伯爵と同じだ。恐れれば怖い存在になるが、こちらから親しみを込めて近づけば心を開いてくれるのだ。

けれど優しいだけじゃない。犬のように人を簡単に引き裂ける牙を隠し持っている、厳しくもあり恐ろしい存在だ。

きっとルカを殺そうとしたゾーイを、ただちに罰するだろう。どんな方法で罰するのか、今は考えたくない。

ゾーイなりに伯爵に忠誠を誓っていたのだろうが、いつまでも使用人扱いしかされなかったのは、平気で人を殺そうとする心根が、伯爵には見えていたからだ。皆の前で祝福されたルカを見て、許せない気持ちになったのだろうが、ルカにはゾーイを助けてやることはもう出来なかった。

「よし、もう少しだ。アルバート、手を出せ」

ジョエルの手が見える。それをアルバートがしっかり握っていた。二人の強い絆を感じて、なぜかルカも幸せな気持ちになった。

「骨折しているみたいだ。担架で運ぼう」

アルバートの提案に、ジョエルは毛布で作ったらしい担架を示す。

「ルカ、俺とアルバートで急いで運ぶからな。痛くてももう少し我慢しろよ」

ジョエルの手が伸びてきて、ルカの髪をくしゃっとかき回した。

「犬ども、助け出したと伯爵に告げてこい」

アランの言葉の意味が分かっているのか、犬達は素晴らしい速さで城に向かっていた。


そのとき、ルカの目は野原に佇む少女を見つける。あれは姉だ。花冠をつけ、楽しそうに踊っていたが、ルカに気がつくとハンカチを大きく振ってくれた。

さよならという気持ちを込めて、振っているのだろう。姉のいる天国には、ルカは決して行けない。夜に生きる者に、天国の門が開かれることはないだろうから。

伯爵に祝福されれば、死ぬことも苦しみではなくなる。魔物の血を一滴飲めば、肉体の苦しみから解放されるというのだ。

けれど死ぬ運命にある者が、魔物としてそのまま生き延びることを伯爵は許さない。そのためにあの墓場には、手足を拘束する鎖がある。

「ルカ、死ぬなよ。もう少しだからな。頑張れ」

このままでは確実にルカは死ぬだろう。祝福もされていないルカは、痛みと絶望感に苦しみながら死ぬことになる。それではあまりにも可哀想だ。だったらいっそ魔物になってしまえと、アルバートは思っていた。

ヴァンパイアとなって生き返ってから、また死にたいと思うようなことがあってもいいではないか。

そのときは陽の光を浴びればいい。あっという間に灰になって、苦しむことなくこの世から消えられる。

ルカの場合、伯爵に愛されている間は、死を思うことはない筈だ。

愛されながら音楽を極め、美しい旋律を生み出すといい。そうして生まれた曲が、いつか世界の人々を癒やすことになるかもしれないのだから。

アルバートは城まで必死に走った。担架を共に担ぐ相手がジョエルでよかった。二人の息は自然と合い、足がもつれて倒れるようなこともなく、城にたどり着いた。

アランに導かれて、城の最上階にある伯爵の居室に向かう。陽はどんどん高くなり、窓の少ない城にも光が射し込みすっかり明るくなっていた。けれど伯爵の部屋は、厚いカーテンが垂らされていて、昼でも深夜のように暗かった。

「頼みを聞いてくれたな。感謝する」

伯爵は眠らずに、ずっとルカの到着を待っていたようだ。薄暗い部屋の中でも、憔悴した様子は伝わってくる。

海水と血で濡れたルカの体を、伯爵は豪華な寝具の上にそのまま横たえるように指示した。

あんなに愛らしい顔をしていたルカなのに、額は大きく切れて、頬も骨折したのか陥没して歪んでいた。手足は妙な方向に折れ曲がり、息をしているのがやっとといった状態だ。

「まだ息はしていますが……」

生きていると言えるのは、後どれぐらいだろう。アルバートが不安そうにしていると、伯爵はいつものような威厳のある声で言った。

「心臓が動いてさえいれば間に合う」

そこで伯爵は自ら指先を強く噛み、滴る血でルカの唇を濡らした。

「吸い込め……私の下に戻りたければ、強く吸うのだ」

ルカに伯爵の声は聞こえているのだろうか。微かにその口元が動いたような気がするが、飲み込めているのかまでは分からない。

「人の血を飲んでまで生きたくないか？　だったらそのまま何もせず、闇の中に沈んでいけばいい。私のために、次の曲を作り上げる気があるなら……吸うのだ」

飲んだのだろうか。アルバートには分からないが、伯爵は何かを感じている筈だ。

怒ったような伯爵の表情が、一瞬緩んだ。口元が僅かに動いたのは、どうやら笑ったらしい。

「よかった……」

アルバートは側にいたジョエルに、思わず抱きついてしまった。

「布を……」

　アランが黒い大きな布を手にしている。それを受け取ると、伯爵はルカの体を赤子がするようにぐるぐるに包み込んでしまった。

「夜には一度目覚めるだろう。そのときには、新鮮な血が必要だ」

　伯爵は呟いただけだが、アルバートは勢いよく応えていた。

「私でよければ……ぜひ」

「そうか……では、お願いしよう」

　ルカを助けたことで、恩を売りたいわけではないが、ここで本土に戻りたいと願い出れば、聞き入れてもらえるような気がした。それを言おうとしたが、それより速く伯爵は答えていた。

「島を出る者の記憶は、すり替えることにしている。だが、狼の一族だけは、その技が使えない。私が心を繰ることの出来ない相手なのだ」

　伯爵がジョエルを嫌っている様子だったのは、そのせいだったのかとアルバートは気づいた。続いて新たな疑問が湧いてくる。島の住人は皆、伯爵に心を操作されているのだろうか。

「敬愛する心を、無理強いしたりはしない。そんな偽物の称賛で、私が喜ぶと思うか？」

「い、いえ……」

　話す必要がないというのは、楽なようで難しい。一番言いたいことを口にする勇気がないときには、特にそう感じる。

「ジョエル・デュナン、おまえはこの島の秘密を他言しないと誓えるか？」

「も、もちろんです」

　ジョエルは慌てて返事をした。

「言ったところで、誰も信じないと思いますけどね」

「そんなことはない。世界は……まだ中世の闇を引きずっている。私は聖職者を恐れないが、一般大衆の無知からの憎悪は恐れているのだ」

顔まで黒布で覆われたルカは、生きているのかどうかもアルバートには分からなかった。けれど伯爵がほっとしているから、これで生き返れるのは確かなようだ。

「夜だけでも生き続けることが可能なら、誰でも魔物になりたいと思うだろう。だが、元の資質が悪ければ、この世界は魔物だらけになって人は滅びる。他の人間に敬意を持てない者は、決して我らの仲間にはなれない」

その選択は正しいのだろう。けれどアルバートは、自分の人格を認めてもらって、ぜひ仲間にしてくれとは思わない。なぜならジョエルが、同じような魔物になることが出来ないからだ。

いつか死ぬことになっても、それまで二人で同じように老いていきたいと思っていた。

「大切なのは生きる長さではないのだ。いかに生きるかだろう……」

「はい……新大陸で、思い切り生きてみます」

ジョエルが勢いよく言うと、伯爵は鷹揚に頷いた。

「明日の朝、船が出る。それで行くといい……。誰も貴殿らを止めはしない」

「ありがとうございます」

再びジョエルの手を強く握りしめ、アルバートは笑った。すると伯爵は、皮肉な口調で言った。

「王には、こう告げるのだろう？　伯爵はオペラ好きの放蕩貴族だと」

「は、はい」

「間違ってはいないが、一言添えてくれ。伯爵の歌声は、天上のもののようだと……」

まさにそのとおりだが、言わないほうがいい。退屈した王が、その美声を聴きたくて呼び出したりしたら、面倒なことになるだけだから。


ルカのために、かなりの量の瀉血をした。そのせいでぐったりしていたら、荷造りはすべてジョエルがやってくれた。アルバートはベッドに横たわりながら、島に来てからのことを脳裏に思い浮かべる。

「ルカは……足を踏み外したのかな？」

疑問が浮かんで、思わず口にしてしまった。

「違うだろ。あんなに大騒ぎをしてたのに、ゾーイを見たか？」

ジョエルに言われて、アルバートは体を起こしてしまった。

「そういえば……日中、ルカの看護をしていたのはアランだったたな」

伯爵の雑用だったら、真っ先に出てくるゾーイなのに、今朝からその姿を見ていない。そこで初めてアルバートは、ルカを突き落とした犯人がいたことに気づいた。

「こうなる前に、どうして伯爵は気づかなかったんだ？」

「いつかはやるって、疑ってはいただろうな。けど祝いの席で、伯爵も浮かれていた。気がそれたときを狙ったんだろう」

「だがそんなことをしたら、伯爵に罰せられるぞ」

そんなことはゾーイ自身が一番分かっていただろう。なのにやらずにはいられなかったのは、それだけゾーイの絶望が深かったということだ。

「今頃、海に飛び込んでいるかもな。俺ならそうする。ルカの前では言いたくないが、伯爵を怒らせたら恐ろしいことになりそうだ」

アルバートの側に座ると、ジョエルは腕を回してさらに抱き寄せて来た。

「伯爵はそんな自分の恐ろしさを知ってる。魔王になりたくないから、ルカが必要なんだ」

ジョエルの言うとおり、それが正しいことに思える。

「そうだな。あのふわふわした頼りないルカを見ていたら、どうにかしてやろうと優しい気持ちになってくるから不思議だ」

「ルカに言っておきたかった。もっと伯爵に、愛する心を思い出させろってな」

「愛する心か」

伯爵だけではない。アルバートも愛する心なんてものを、長い間見失っていた。戦場に出て戦うこと、いかにして敵を殺すかだけを考えて生きていたのだ。

「ジョエルに感謝しないといけない。もう少しで、私も魔物の心を持つところだった」

「俺も同じさ。戦場にいた頃は、本物の魔物だった。

ここでアルバートに出会えなかったら、もしかしたらまた戦場に戻っていたかもしれない」

「どうしたんだ、今夜は。お互いに褒め合うことにしたのか？」

ルカを襲った不幸が、二人に改めて命の大切さを教えてくれたようだ。ジョエルの唇が自然と重なってキスになったが、アルバートはいつも以上に素直になってキスを受け入れた。

「今夜は血をたくさん抜いたから、あまり元気がないんだ」

ジョエルに抱きしめられていても、またその気になれない。そこで先に謝ってしまったら、ジョエルは笑いながらアルバートの上着を脱がし始める。

「いいさ、ただ横になってるだけでいい。ここにアルバートがいることに意味がある。最初の頃みたいに、オイルを使ってやってもいいぞ」

「最後の夜だ。ゆっくり休めばいいのに」

「最後の夜だからこそ、楽しまないとな。これからはずっと船旅だ。こんなにゆったり愛し合うのは、しばらくお預けだぞ」

「それもそうだな……」

新大陸に向かうからには、長い船旅を覚悟しなければいけない。不自由な生活が続くのだろうと思ったとき、アルバートはこの島での生活がいかに贅沢だったか、改めて意識した。

「魔王の楽園か……」

そう呟くアルバートの体から、今度はシャツが脱がされていく。

「今度は新大陸に、俺達の楽園を作ろう。貴族のアルバートに相応しい、贅沢な暮らしが出来るようにしてやるからな」

「贅沢？　そんなものはいらない。ジョエルがいつも笑っているなら、そこが私達の楽園だ」

甘い言葉を囁きすぎただろうか。感激したのかジョエルが無口になっている。けれどその手は何よりも雄弁に愛を語っていて、アルバートの体を愛しげに撫で回していた。


暖炉で火が燃えている。ルカはぼんやりと炎の乱舞を見つめながら、夢とも現《うつつ》ともはっきりしない、知らない世界をその奥に見ていた。

大きな船の上にいるが、頭上を砲弾が飛び交っている。目の前で爆撃されて死ぬ兵士や、海にばらばらと落ちていく兵士の姿が見えた。

かと思うと、寂しい夕餉《ゆうげ》の場面が浮かぶ。感謝祭なのに、十分な料理を並べられないと泣いているのは、この家の奥方だろうか。

どうやらこれらはアルバートの記憶らしい。不思議なこともあるものだと思って、横たわっていた長椅子から体を起こすと、文机で書類にサインをしていた伯爵が顔を上げた。

「眠っている間に、何度か血を与えた。それがアルバート・ジェフリーのものだったから、彼の記憶が混じるのだ」

「アルバート達は……」

「出て行った。安心するがいい。私が許可をしたからもめることはない」

あれから何日経ったのだろう。城に戻ってからの記憶は曖昧だ。骨折してぼろぼろだった体は、何もなかったように綺麗に戻っている。だが頬に触れると、ほとんど熱は感じなかった。

「人間の血を飲むくらいなら、死んだほうがましだとは言わないのか？」

「相手を殺すのでなければ、受け入れます。けれど伯爵のように、牙を出して噛みつけるかどうか、自信はありません」

「そうだな。では瀉血させればいい。医者のギョームは、いずれ効率的な採血の方法を見つけるだろう。そうすれば牙など不要になる」

伯爵がサインをしている姿は、妙に人間的だ。そう思ってルカは、飽きずにその手元を見ていた。

「いずれよい時が来たら、ロンドンにある邸に連れて行こう。そこでしばらく暮らして、音楽家として大成するがいい」

「そんな欲はありません。ただここにいて、こうしてお側にいられるだけで満足です」

「だがもったいない。前にも言っただろう。音楽は、ルカの手を離れても生き続けると。誰かが代わりに演奏してくれる。百年も二百年も、我々と同じくらい芸術は長生きだ」

けれどどうやって作品を発表するつもりだろう。ルカ・ミナルディはオーストリアの警察に追われている殺人犯なのだ。

「作品を書きためておくといい。楽団員の増員が必要なら、ロンドンやパリからも連れてこよう。思うままにしていいから、よいものを作り出すことだ」

「僕に出来るでしょうか？」

「時間はたっぷりある。気をつけないといけないのは、直射日光を浴びることだ。それと煙草を嗜好する者や、大量にニンニクを食べた後の人間の血は飲まないほうがいい。気分が悪くなる」

　伯爵は手紙に溶かした蠟で封印をしている。誰に送る手紙だろう。受け取った相手が、どきどきしながら開封する様子が目に浮かぶようだ。

「意識を集中すれば、人間の考えていることは読めるようになる。力を与えたり、思うままに繰ろうとするのはまだ無理だ。もっともそんな能力は、ルカには必要ないだろう」

　こうして伯爵といるのに、情欲は全く湧き上がらない。人間の持っている欲望というものが、綺麗になくなってしまったようだ。

「ロンドンで作品を発表した後、実はそれが拾った鞄の中に入っていた譜面だったということにする。ルカ・ミナルディを名乗った青年は、その後すぐに行方不明になるが、作品は残り、とうに死んだ筈のルカ・ミナルディは、人々から正しい評価を受けるのだ」

　どうやら伯爵の脳内には、ルカをデビューさせる用意は出来ているらしい。

　今すぐの評価ではないが、いずれ評価されるというのだ。しかもちゃんと自身の名前で、作品を発表できる。

「その頃には、殺人の嫌疑も晴れているだろう。冤《えん》罪《ざい》の犠牲で死んだ若き天才、それが後々のルカの評価だ。男爵夫人の犯行はじきにばれて、彼女はほとんどの資産を失うことになる。だがルカの依頼だ。

命までは奪わない。そのほうが、彼女にとってはずっと残酷なことだがな」

「ありがとうございます。僕のために……」

「血を提供してくれる者は限りなくいるが、真実の愛を捧げてくれる者はそういない。ルカももう分かっていると思うが……私は、残酷な魔物だ。もしルカの心が誰かのものになったら、そのときは灰になる覚悟をしておけ」

「はい……」

一瞬で灰になった老人の姿を思い出す。伯爵への想いが終わるようなことになったら、喜んで灰になろうとルカは思う。

「伯爵がもし消えてしまわれたら、すぐに後を追います」

「そうだな。それがいつになるかは、まだ分からないが……」

「人の世の終わり頃になるかもしれませんね」

ルカの返事に満足したのか、伯爵は微笑みながら、見事なクリスタルの瓶を取り出してルカに示した。

「ジョエルからの贈り物だ。煙草は止めたと言っていた。ラム酒の中に、彼の血が入っている。直に飲むより効果は薄くなるが、十分役には立つし、保存が利くそうだ」

「あんなに嫌がっていたのに……」

ほんの短い間の付き合いだったのに、兄弟のようによくしてくれた。彼らがいなかったら、ルカも素直な気持ちで伯爵を愛せたかどうか分からない。もう一度会って、助けてくれたことの礼を言いたかったが、彼らは本土に戻った後、新大陸に向かってしまうのだろう。

もう二度と会えないのかと思うと、やはり寂しかった。

伯爵は立ち上がり、ルカに近づいてくる。そして長椅子に並んで座ると、ルカの頬に指を這わせ始めた。

「ルカがもう少し元気になったら、あの婚姻祝いの秘密の酒を飲もう。今はただ、こうして微笑んでいる顔を見ているだけでいい」

「見ているだけ……？　せめてキスぐらいはしてください」

「今キスをすると、ルカに私の弱みを握られてしまう」

「弱み？　何ですか？」

それはキスをすれば分かるのだ。だからルカから積極的にキスをしていくことにした。

唇が重なった途端に、ルカの心にその思いは伝わってきた。言葉にするのも難しい、愛しいという特別な感情が、伯爵の心の奥底で静かに育ってきている。

「厄介な感情だ」

ルカを抱きしめながら伯爵は囁く。

「何度もこの感情を消し去ろうとしてきたのに、また生まれてしまった」

「今度のは消さなくていいんです。どうか、そのまま……」

永遠に愛して欲しい。そう思うのは、贅沢だろうか。

暖炉で火が燃えている。アルバートは炎の乱舞を見つめながら、新大陸に来てから過ぎていった四十年の月日を思う。

いろいろあったが、どうにかここまで来た。今は広大なホテル・デュナンの中に、支配人としての私室を与えられている。この部屋の隣には特別室があるが、創業以来使われたことのなかった特別室が、今日、ついに客を迎えることになっていた。

「一晩中でも踊っていたいって、父親はどういう教育をしているんだ。我が甥っ子は、仕事人としては優秀だが、父親としては威厳がなさ過ぎる」

部屋に入ってくるなり、ジョエルは文句を言う。どうやら身内の若者が、浮かれ騒いでばかりなのが気に入らないらしい。


「そろそろ大切な客が到着するぞ」

「ああ、分かってる。開業の案内を出してから、もう二十年は経ったぞ。彼らにしてみりゃ、ほんの二十年だろうが、見ろ、俺達はすっかり爺さんだ」

「そうか？　まだお若く見えますよ、ジョエル・デュナン」

「そりゃどうも」

ジョエルはよく陽に焼けた顔に笑みを浮かべる。笑みだけは何年経っても変わらない。相変わらず人懐こくって、愛嬌《あいきょう》のある笑顔だった。

島を出るとき、アルバートは伯爵に条件を出された。それは新大陸に、夜に生きる者達が安心して滞在出来る施設を作るというものだった。

伯爵はそのためにかなりの資金を用立ててくれた。そこでアルバートとジョエルはまだ小さかった町の保安官から始め、徐々に町の人々の信頼を集めて議員となり、しまいには大きなホテルや銀行を経営するまでになった。

大きな邸などというものではない。ジョエルは城のようなホテルを建てたのだ。

ジョエルはスイスから甥っ子と従兄弟を呼び寄せ、自分の傘下の企業で働かせた。当然、ジョエルもアルバートも結婚などしなかったが、ジョエルの親族のおかげで寂しい思いをすることはない。

アルバートの実家は、この賢い息子のおかげで何とか今でも貴族の体面を保っている。いずれは貴族というのも名ばかりになるのだろうが、今は感謝祭の料理に不自由するようなことはなくなっていた。

「本当に伯爵は来るのかな。何だか、すべてが夢だったような気がする」

アルバートは薪をくべながら、今の思いをジョエルに打ち明けた。

数日しかいなかったのに、あの島でのことは鮮明に覚えている。今でもあの島に行けば、彼らがそのままいるような気がした。

「あそこにいた頃は、こっちの今の生活が夢だったのにな」

「そうだな。最初はジョエルのことを、夢見がちで馬鹿なやつだと思っていたんだが」

「夢でホテルは建たない。資金援助はされたが、それだけじゃない。俺達の努力の結晶さ。そうだろ、そう思わないか？」

「ああ、そうだな。意地っ張りの頑固者の偏屈爺《じじい》と、よくもここまでやって来られたものだ。まさに努力の結晶だな」

ひどいときは、殴り合いの喧嘩もした。浮気をしたり、されたりもあった。

なのに二人は、今もこうして同じ部屋に住んでいる。

「そろそろ時間だ。玄関ホールまで、迎えに出るぞ」

「ああ、どうだ、おかしくないか？」

ジョエルは燕尾《えんび》服の後ろのスリットと、ネクタイを気にして直そうとするが、かえって曲げてしまっていた。

「じっとしてろ」

アルバートは手早く直してやったが、そういえば何年もこんなことを繰り返しているなと思った。

二人で階下のホールに向かう。すると宿泊客や、レストランに来ている地元の名士などが、競って二人に挨拶してきた。

握手したり、談笑したりしながら、客と接していた二人だが、大きく入り口のドアが開かれた途端に動きが止まった。

夜がやってきた。


しかも極上の美しい夜が。

正装した伯爵は、アルバートとジョエルの記憶にある姿より、ずっと美しく見える。そしてその傍らにいる若者の美しさは、神がかっているようだ。

二人の間に、時は流れていない。あの日、伯爵の居室で別れたときのままの若さだ。

居並ぶ人達も言葉を失っている。皆、一瞬でこの夜の魔物に魅入られたのだ。

「伯爵……ようこそ、当ホテルへ」

それしか咄嗟に言葉が出てこない。

「美しい……それが何よりも重要だ」

伯爵は鷹揚に頷く。

「ご満足、いただけましたでしょうか」

「もちろん……」

そこで伯爵はルカの手を取り、アルバートとジョエルの前に立たせる。言葉もなく、三人は見つめ合

った。

「音楽が聞こえるみたいだ」

ジョエルがふっと呟くと、ルカは花が開いたように美しい笑顔になっていた。

あとがき

この本を手にとっていただき、ありがとうございます。

ついに登場、魔物の王、血を吸うやつらです。いやぁ、彼らに関してはどれだけ書いてもネタが尽きるということはないでしょう。なにしろ危険な目に遭《あ》わなければ、地球滅亡の瞬間まで生きていられるやつらですから。

私の世界では、モフモフの狼一族と血を吸う一族は共存しています。けれどあまり深いお付き合いはしていないみたいですね。何しろ血を吸う一族の血を、狼一族に与えたら本物の恐ろしい魔物が出来上がってしまうらしいので、お互いに近づかないようにしているのではないでしょうか。

それでもたまには、彼らが集う夜もあるのかもしれません。たとえば、これはあるイギリスの作家が書いた日記とでもしましょうか。


『ホテル・デュナン』は、アメリカに数あるホテルの中で、私がもっとも贔屓《ひいき》にしているところだ。創業者のジョエル・デュナンは三年前、百歳という高齢で天寿を全うしたが、その経営理念は今もホテルに遺《のこ》されている。

何より素晴らしいその理念とは、すべての人々を客として受け入れ、最高に心地よい滞在を約束するというものだ。ここでは肌の色、宗教、性別、性的嗜好などで客を差別することはない。規定の宿泊料金さえ支払えば、コンシェルジュからベルボーイまでが、どの客も同じように大切に扱ってくれる。

今回で何度目の滞在になるだろう。私がフロントで名乗ろうとしたら、支配人らしき男はにこやかに私の名を呼び、いつも案内される部屋の鍵をすぐに渡してくれた。覚えてくれるというのは実に心地いい。少年期を脱したばかりのベルボーイが、顔を真っ赤にして重たい鞄《かばん》を運んでくれる後を歩いていた私は、ホールで思わず足を止めていた。耳の不自由な老婦人が、行きたい場所がわからずに困っている。そこに若い紳士がやってきて、手を取って優しく説明してあげていた。

黒髪の美しい若者だ。優しげで、儚《はかな》げで、ナルキッソスの役でもやらせたらいいほどだ。ベルボーイを先に行かせ、私はそこに佇《たたず》む。

しかしよく似ている。もしかしたら彼は、ルカ・ミナルディの息子かもしれない。

今では幻となってしまった、ルカ・ミナルディのデビュー公演、忘れようにも忘れられない。指揮をする若者は、その夜までまったく無名だった。けれどそのオペラが幕を開けた瞬間、世界は彼の登場に歓喜した。

私は音楽愛好家だが、あんなに素晴らしい舞台を観たことはない。何よりも歌い手が素晴らしかった。銀色の髪をした威厳のある男で、何とバリトンからカウンターテナーまで、信じられない音域で歌えるのだ。

まさに彼のために作られた舞台なのだろう。その華麗な歌声に唯一負けていなかったのは、新人のヴァイオリニスト、確かヨハンセン・ヴァレリーだったかの名演奏ぐらいのものだった。

何回、ブラボーと叫んだかわからない。手が真っ赤になって、感覚がなくなるまで拍手し続けた。もう一度だ、いや、何度でもいい。彼らの音楽を聴き続けたい。

そう願ったのに、何ということだろう。それから数日後、ルカ・ミナルディは、自分はそんな名前じゃない。宿屋の箪笥《たんす》の奥から、これらの譜面の入った鞄を見つけ出し、自分のものとして発表しただけだと告げて、姿を消してしまった。

その発表の前に、ヴァイオリニストと歌い手を乗せた船は、海上で姿を消している。

残ったのは、ルカ・ミナルディが作曲したという曲だけだ。

あれから何人かが、あのオペラを演じようとしてくれた。けれどあの歌い手が一人で歌っていた部分を、何人かに振り分けねばいけない有様で、とても同じようにはいかない。

もしかしたらあれは、一夜だけの魔物達の饗宴《きょうえん》だったのではないか。そんなことを思いかけたとき、私は自分の考えが正しかったことに気がついた。

銀色の髪をした、神のような雰囲気の男がいる。間違いない、あの歌い手だ。黒髪の若者と共に、老婦人をエスコートして歩き出す。その姿は舞台にいるときと同じだった。

あれから何年が過ぎたというのだ。なのに時は、彼らにだけは無関心らしい。

もう一度、あの歌声が聴かれるなら、私は魂を奪われてもいい。ふとそんな思いが過《よぎ》ったが、私は彼らの後を追う勇気を持っていなかった。……なんてね。

イラストお願いいたしました、亜樹良《あきら》のりかず様、見目麗《うるわ》しい筋肉、ありがとうございます。四人もメインがいて、お手間取らせてしまいました。私の脳内では、アニメーション状態で彼らが動いておりました。

担当様、好きなもの書かせてくださって感謝いたします。

そして読者様、私の作り出す異世界にお付き合いくださってありがとうございます。

剛　しいら拝

LYNX ROMANCE 小説原稿募集

リンクスロマンスではオリジナル作品の原稿を随時募集いたします。

募集作品

リンクスロマンスの読者を対象にした商業誌未発表のオリジナル作品。
（商業誌未発表のオリジナル作品であれば、同人誌・サイト発表作も受付可）

募集要項

＜応募資格＞

年齢・性別・プロ・アマ問いません。

＜原稿枚数＞

４５文字×１７行（１枚）の縦書き原稿、２００枚以上２４０枚以内。
※印刷形式は自由。ただしＡ４用紙を使用のこと。
※手書き、感熱紙不可。
※原稿には必ずノンブル（通し番号）を入れてください。

＜応募上の注意＞

◆原稿の１枚目には、作品のタイトル、ペンネーム、住所、氏名、年齢、電話番号、メールアドレス、投稿（掲載）歴を添付してください。
◆２枚目には、作品のあらすじ（４００字～８００字程度）を添付してください。
◆未完の作品（続きものなど）、他誌との二重投稿作品は受付不可です。
◆原稿は返却いたしませんので、必要な方はコピー等の控えをお取りください。
◆１作品につき、ひとつの封筒でご応募ください。

＜採用のお知らせ＞

◆採用の場合のみ、原稿到着後６カ月以内に編集部よりご連絡いたします。
◆優れた作品は、リンクスロマンスより発行させていただきます。
原稿料は、当社既定の印税でのお支払いになります。
◆選考に関するお電話やメールでのお問い合わせはご遠慮ください。

宛先

〒151-0051
東京都渋谷区千駄ヶ谷４－９－７
株式会社　幻冬舎コミックス
「リンクスロマンス　小説原稿募集」係

この本を読んでの
ご意見・ご感想を
お寄せ下さい。

〒151-0051
東京都渋谷区千駄ヶ谷4-9-7
(株)幻冬舎コミックス　リンクス編集部
「剛《ごう》しいら先生」係／「亜樹良《あきら》のりかず先生」係

リンクス ロマンス

夜王の密婚

2015年4月30日　第1刷発行

著者……………剛《ごう》しいら
発行人…………伊藤嘉彦
発行元…………株式会社　幻冬舎コミックス
〒151-0051　東京都渋谷区千駄ヶ谷4-9-7
TEL 03-5411-6431（編集）
発売元…………株式会社　幻冬舎
〒151-0051　東京都渋谷区千駄ヶ谷4-9-7
TEL 03-5411-6222（営業）
振替00120-8-767643
印刷・製本所…株式会社　光邦
検印廃止

ISBN978-4-344-83428-6 C0293
Printed in Japan

幻冬舎コミックスホームページ　http://www.gentosha-comics.net